從０開始
自學就會

看圖說日語

和日本人聊一整天的

生活會話

吉松由美・田中陽子・西村惠子・大山和佳子◎合著

山田社
ShanTianShe

はじめに
前言

哇！這是雜誌嗎？
開始就想學好日語，看這本就對了！
本書讓您學日語就像看雜誌，想跟日本人，聊天、聊八卦，
不用想太多，自信開口說！

　常被一堆艱深的文字和文法，讓您產生挫敗感，而失去學習的動力嗎？其實語言，就是要活用在日常生活中。想像自己跟日本人站在巷口聊天、聊八卦。總之不要想太多，就是要自信開口說。

　想要有心學好日語，看這本就對了。本書版型像雜誌一樣活潑漂亮，大量圖片可以看到道地的生活文化，淺顯易懂的文法編排，搭配日本人生活常用語，快速刺激與生活記憶連結，只要類似場景一出現，一秒日語就到位，輕輕鬆鬆和日本人聊一整天都OK！

　本書內容還融入了豐富的在地風情、熱鬧的慶典活動等日本的生活、文化、節慶，讓您不知不覺愛上日本文化。最後，再藉由大量實戰練習，讓您邊說邊學，跳脫傳統學習方式著重在讀跟用，精心規劃日語的漸進式練習，讓您在聽說讀寫全方位能力，都能夠有快速的提升！不論您想要馬上開口說，或是想交個日本朋友通通都適用！

*** 本書特色 ***

❊ 圖解日語入門常用單字，快速建立詞彙記憶庫！

為了能看懂、聽懂日本人在說什麼，學習日語的基本功就是要記住單字。本書翻轉您一般單字就是要死背硬記的印象，讓您從圖像＋文字＋聽覺，多管齊下。全彩且豐富的圖片，讓您把鮮活圖像烙印腦海；標準日文發音，讓您透過聲音自然記住單字。相信下次您在看到物品時，日語單字便能直接脫口而出！此外，單字後還附有小小練習題，協助鞏固剛剛學過的學習成果，加深學習印象，幫助建立您的日語單字庫！

❊ 先開始對話，再學文法！從做中學，實用又有效！

本書採取做中學、學中做的實戰學習法，先聽老師說，並與同伴練習對話之後，文法再慢慢從中抽絲剝繭。當您練習過一次，自然就能對內容中所使用到的詞句、文法有個初步的印象，之後再去瞭解文法的意義，會比您一開始就先把所有的文法看過一次，再去做練習來的記憶更持久！除此之外，還能讓您體會到用日語交朋友的樂趣，保持您的學習動力！

❊ 配合生活主題的全方位實戰演練，內容扎實卻不失樂趣！

每個單元都搭配一個生活主題，網羅日本人每天最常說的單字、例句，讓您即學即用，更有成就感的學習。而透過主題分類，也能幫助您更加清楚什麼情境下該怎麼說才對。此外，每個章節都附有聽、說、讀、寫多方面且大量的實戰練習，整合您在生活中可能會遇到的各種情況。試著聽聽看、答答看，遇到不會的就往前翻找答案，尋找的過程能幫助您對日語的理解更上一層樓！大量練習過後，若在生活中遇到類似的狀況，便一秒就可以聯想到日語該怎麼回答了！

❊ 單字總整理，利用零碎時間隨時複習！

本書貼心的在每一課後統整了重點單字，並與課文內容一樣皆搭配著圖片記憶。讓您可於上課前、公車上或任何零碎時間輕鬆複習，透過反覆閱讀將單字轉化為長期記憶。每天一點時間，成果將會大為不同！

❊ 模擬試題，驗證你的日語力！自學、考試都適用！

本書內容相當於日檢考試 N5 程度，除了一般的日語自學者，也同樣適合想考取日檢證照的考生。透過模擬試題，來為您在整個章節的學習成果做最全面性的驗證，也可以先行體驗日檢考試的考法，為考取日語合格證照而鋪路。

❊ 跟著日籍教師大聲唸，熟悉日本人的發音方式！

本書光碟皆由專業的日籍教師以標準東京腔錄音而成，幫助您訓練日文語感及發音的敏感度，讓您一開始就先習慣日本人的腔調，才能完全聽懂日本人在說什麼。一邊看書、一邊跟著老師念，除了幫助記憶，也能訓練您的口說，達到一石二鳥的效果！

不管是自學、考試，還是對日本文化有興趣的初學者，本書將由淺入深、循序漸進帶領您入門。不只是一本活潑逗趣的雜誌，也能幫您穩紮穩打提升全方位技能。絕對是您初學日語的最佳夥伴！

もくじ
目錄

	あ（ア）段	い（イ）段	う（ウ）段	え（エ）段	お（オ）段
あ（ア）行	あ（ア）a	い（イ）i	う（ウ）u	え（エ）e	お（オ）o
か（カ）行	か（カ）ka	き（キ）ki	く（ク）ku	け（ケ）ke	こ（コ）ko
さ（サ）行	さ（サ）sa	し（シ）shi	す（ス）su	せ（セ）se	そ（ソ）so
た（タ）行	た（タ）ta	ち（チ）chi	つ（ツ）tsu	て（テ）te	と（ト）to
な（ナ）行	な（ナ）na	に（ニ）ni	ぬ（ヌ）nu	ね（ネ）ne	の（ノ）no
は（ハ）行	は（ハ）ha	ひ（ヒ）hi	ふ（フ）fu	へ（ヘ）he	ほ（ホ）ho
ま（マ）行	ま（マ）ma	み（ミ）mi	む（ム）mu	め（メ）me	も（モ）mo
や（ヤ）行	や（ヤ）ya		ゆ（ユ）yu		よ（ヨ）yo
ら（ラ）行	ら（ラ）ra	り（リ）ri	る（ル）ru	れ（レ）re	ろ（ロ）ro
わ（ワ）行	わ（ワ）wa				を（ヲ）o
					ん（ン）n

	あ（ア）段	い（イ）段	う（ウ）段	え（エ）段	お（オ）段
か（カ）行	が（ガ）ga	ぎ（ギ）gi	ぐ（グ）gu	げ（ゲ）ge	ご（ゴ）go
さ（サ）行	ざ（ザ）za	じ（ジ）ji	ず（ズ）zu	ぜ（ゼ）ze	ぞ（ゾ）zo
た（タ）行	だ（ダ）da	ぢ（ヂ）ji	づ（ヅ）du	で（デ）de	ど（ド）do
は（ハ）行	ば（バ）ba	び（ビ）bi	ぶ（ブ）bu	べ（ベ）be	ぼ（ボ）bo
は（ハ）行	ぱ（パ）pa	ぴ（ピ）pi	ぷ（プ）pu	ぺ（ペ）pe	ぽ（ポ）po

きゃ（キャ）kya	きゅ（キュ）kyu	きょ（キョ）kyo
ぎゃ（ギャ）gya	ぎゅ（ギュ）gyu	ぎょ（ギョ）gyo
しゃ（シャ）sya	しゅ（シュ）syu	しょ（ショ）syo
じゃ（ジャ）ja	じゅ（ジュ）ju	じょ（ジョ）jo
ちゃ（チャ）cha	ちゅ（チュ）chu	ちょ（チョ）cho
ぢゃ（ヂャ）ja	ぢゅ（ヂュ）ju	ぢょ（ヂョ）jo
にゃ（ニャ）nya	にゅ（ニュ）nyu	にょ（ニョ）nyo
ひゃ（ヒャ）hya	ひゅ（ヒュ）hyu	ひょ（ヒョ）hyo
びゃ（ビャ）bya	びゅ（ビュ）byu	びょ（ビョ）byo
ぴゃ（ピャ）pya	ぴゅ（ピュ）pyu	ぴょ（ピョ）pyo
みゃ（ミャ）mya	みゅ（ミュ）myu	みょ（ミョ）myo
りゃ（リャ）rya	りゅ（リュ）ryu	りょ（リョ）ryo

少不了的「初次見面，你好！」

はじめまして。中山理香です。

看圖記單字　絵を見て覚えよう

1.1

聽聽看！下面各國的日文名稱是什麼呢？

❶
アメリカ／美國

❷
カナダ／加拿大

❸
メキシコ／墨西哥

❹
ブラジル／巴西

❺
イギリス／英國

❻
フランス／法國

❼
ドイツ／德國

❽
イタリア／義大利

❾
スペイン／西班牙

❿
スイス／瑞士

⓫
ロシア／俄國

⓬
韓国（かんこく）／韓國

➡ 把單字蓋起來，練習一下！還記得下列是哪些國家的國旗嗎？

答案請見 P.144

呼～剛開始學日語，您一定迫不及待想要用日語自我介紹吧！現在，就讓我們來沙盤推演一下，該如何用日語向剛認識的日本人聊天吧！

1.2 初次見面要怎麼自我介紹呢？跟同伴練習下面的對話吧！

理香 はじめまして ❶。中山理香です。林さん ❷ ですか。

志明 はじめまして。私は　林志明です ❸。どうぞ　よろしく。

理香 ああ、林さんは　外国人ですか ❹。

志明 はい、台湾人 ❺ です。台湾の　高雄から ❻　来ました。

理香 桜大学の　学生ですか。

志明 はい。中山さんは。

理香 私は　富士大学の　学生です。

理香：幸會，我是中山理香，請問您是林先生嗎？

志明：幸會，我是林志明，請多指教。

理香：哦，原來林先生是外國人呀？

志明：是的，我是台灣人。我來自台灣的高雄。

理香：您是櫻大學的學生嗎？

志明：是的。中山小姐呢？

理香：我是富士大學的學生。

文法重點提要

❶ 初次見面時的打招呼
❷ [名字]さん
❸ [人]は[名詞]です（主題）
❹ [文章]か／はい、そうです
❺ [國名]人
❻ [名詞]の[名詞]；
　 [場所]から文法重點說明

詳細解說請見下頁

文法重點說明

❶ はじめまして。（幸會。）

這是初次見面常說的應酬話，常跟「どうぞ、よろしく（お願いします）」（請多指教）一起使用。加上「お願いします」（請…）則是比較有禮貌的說法。

❷ 林さんですか。（請問您是林先生嗎？）

「さん」接在人名的下面，表示尊敬。不管是男女，是否結婚了，人名後面都要接「さん」，但可不能用在自己身上喔！

❸ 私は　林志明です。（我是林志明。）

「［人］は［名詞］です」。這裡的助詞「は」表示前面接的詞是這句話的主題，也就是後面要敘述或判斷的對象。「は」一般很難直譯出來，而「です」表示對主題的斷定或是說明，相當於中文的「是」。另外，「です」也表示說話人的禮貌。

➡ 私は　山田です。（我是山田。）

❹ 林さんは　外国人ですか。（林先生是外國人嗎？）

「［文章］か」的疑問詞「か」接於句末，表示問別人自己想知道的事。可譯作「嗎」、「呢」。回答是肯定的話用「はい。そうです。」。「はい」（是的）跟「そうです。」（是的）都用在肯定或承認對方的意見、所說的話。

➡ あなたは　学生ですか。（你是學生嗎？）

⇨ はい。そうです。（是的。）

❺ 台湾人です。（是台灣人。）

「［國名］＋人」。在國家名或地區名後面接上「人」，就可以成為「該國人」或「該地人」的名詞了。例如「日本人」（日本人）、「中国人」（中國人）、「アフリカ人」（非洲人）等。

❻ 台湾の　高雄から　来ました。（我來自台灣的高雄。）

「［名詞］の［名詞］」的「の」前後接兩個名詞，表示所有或所屬。也就是該名詞的所有者（私の本〈我的書〉）、內容說明（歴史の本〈歷史書〉）、作成者（日本の車〈日本車〉）、數量（100円の本〈100日圓的書〉）、材料（紙のコップ〈紙杯〉）還有時間、位置等等。可譯作「…的…」。

➡ 私の　本です。（我的書。）

➡ 彼は　日本語の　先生です。（他是日文老師。）

「［場所］から」的「から」前接場所名詞，表示來自某場所。在這裡是指來自某國家。可譯作「從…，來自…」。動詞「来ました」（來）是「来ます」的過去式，表示「來」這個動作已經發生了。

➡ 中国から　来ました。（來自中國。）

日本常用姓名

1.3 邊聽邊練習！替自己取個日文名字，跨出日語學習的第一步！

—— 名字　みょうじ／姓 ——

1 田中（た なか）

6 小林（こ ばやし）

2 山田（やま だ）

7 橋本（はし もと）

3 石川（いし かわ）

8 高橋（たか はし）

4 鈴木（すず き）

9 佐藤（さ とう）

5 青木（あお き）

10 渡辺（わた なべ）

—— 名前　なまえ／名 ——

1 蓮（れん）♂	2 颯太（そう た）♂
3 大和（やま と）♂	4 翔太（しょう た）♂
5 湊（みなと）♂	6 結衣（ゆ い）♀
7 陽菜（ひ な）♀	8 心春（こ はる）♀
9 凛（りん）♀	10 美桜（み お）♀

國際禮節　世界の礼儀作法

第一次見面時，不同國家有不同的打招呼方式：

はじめまして。
日本（に ほん）／日本

Nice to meet you.
アメリカ／美國

撒哇滴卡～
タイ／泰國

自我介紹聽寫練習

1.4 **STEP 1** 邊聽MP3邊把空格填上

1

^{わたし}私は＿＿＿＿＿です。

＿＿＿＿＿から 来^きました。

どうぞ よろしく お願^{ねが}いします。

2 ＿＿＿＿＿です。

＿＿＿＿＿から 来^きました。

よろしく お願^{ねが}いします。

3

＿＿＿＿＿です。

＿＿＿＿＿から 来^きました。

よろしく お願^{ねが}い します。

參考答案及翻譯請見P.144

STEP 2 好好表現一下囉！找個同伴，兩人都自我介紹吧！

➡ 你和朋友都聊些什麼呢？

揪團學日文效果特別好！你可以和朋友組織一個日語學習社團，互相練習、切磋，並且把練習的對話記錄下來，幫助復習、校正！

夥伴的名字：	他從哪裡來：	練習日期
＿＿＿＿ ➡	＿＿＿＿	／
夥伴的名字：	他從哪裡來：	練習日期
＿＿＿＿ ➡	＿＿＿＿	／
夥伴的名字：	他從哪裡來：	練習日期
＿＿＿＿ ➡	＿＿＿＿	／

友だちを作ろう

認識大家

1.5 **A** 你認識A,B,C,D這四位來自世界各地的新朋友嗎？試著幫他們與家鄉配對，送他們回家吧！

1 アメリカ

2 アフリカ

3 日本
　に　ほん

4 中国
　ちゅうごく

A
王玲／北京
おうれい　ペキン
王玲／北京

B
カナ／ケニア
加納／肯亞

C
スミス／ニューヨーク
史密斯／紐約

D
山田／東京
やま　だ　とうきょう
山田／東京

! 請把正確的國家編號填入空格中 ↗

答案請見P.144

B 跟同伴練習參考下面的對話，換你和同伴練習囉！ ↴

換掉紅色字就可以用日語聊天了！

A 王玲さんは　中国人ですか。
　　おうれい　　ちゅうごくじん

B はい。中国の　北京から　来ました。
　　　　ちゅうごく　　ペキン　　　き

A 私は　日本の　東京から　来ました。
　　わたし　に　ほん　とうきょう　　き

A：王玲小姐是中國人嗎？
B：是的。我來自中國的北京。
A：我來自日本的東京。

少不了的「初次見面，你好！」

1

快來記下日語中的數字

1.6 🎧 **A** 邊聽邊練習

0	1	2	3	4	5	6	7	8	9	10
ゼロ、れい	いち	に	さん	よん、し	ご	ろく	なな、しち	はち	きゅう、く	じゅう

B 先練習唸下面的阿拉伯數字，然後練習唸出自己的電話號碼，並說給你的同伴聽吧！

①

②

3256 4819 0769

③ 你的電話號碼

學會日常招呼真有禮貌

1.7 🎧 邊聽邊練習

① おはようございます。
／早安。

② こんにちは。
／你好。

③ こんばんは。
／晚安。

④ おやすみなさい。
／晚安（睡覺前）。

⑤ さようなら。
／再見。

讀解練習

<ruby>読<rt>よ</rt></ruby>んでみよう

請閱讀以下短文，試著回答下列問題。

閱讀

　はじめまして。私は　楊瑩です。中国から　来ました。父は　中国人です。でも、母は　日本人です。私の　仕事は　女優です。よろしく　お願いします。

❶ 楊さんは　（　　）から　来ました。
❶ 中国
❷ 日本
❸ 中国と　日本
❹ 女優

❷ 楊さんの　父は　（　　）。
❶ 中国から　来ました
❷ 中国人です
❸ 日本人です
❹ 女優です

　幸會，我叫楊瑩，來自中國。爸爸是中國人，但媽媽是日本人。我的工作是女演員。請大家多多指教。

❶ 楊小姐是從（　　）來的。
　❶ 中國　❷ 日本　❸ 中國及日本　❹ 女演員
❷ 楊小姐的爸爸（　　）。
　❶ 來自中國　❷ 是中國人　❸ 是日本人　❹ 是女演員

答案：❶1，❷2

✽ 寒暄語

☐ （どうも）ありがとうございました
（謝謝，太感謝了）

☐ 頂きます
（〈吃飯前的客套話〉我就不客氣了）

☐ いらっしゃい（ませ）
（歡迎光臨）

☐ お休みなさい
（晩安）

☐ 御馳走様（でした）
（多謝您的款待，我已經吃飽了）

☐ こちらこそ
（哪兒的話，不敢當）

☐ 御免ください
（有人在嗎）

☐ 御免なさい
（對不起）

☐ 今日は
（你好，日安）

☐ 今晩は
（晩安你好，晩上好）

☐ さよなら／さようなら
（再見，再會；告別）

☐ （では）お元気で
（請多保重身體）

☐ お願いします
（麻煩，請；請多多指教）

☐ おはようございます
（〈早晨見面時〉早安，您早）

☐ 失礼しました
（請原諒，失禮了）

☐ 失礼します
（告辭，再見，對不起）

☐ すみません
（〈道歉用語〉對不起，抱歉；謝謝）

☐ では、また
（那麼，再見）

☐ どういたしまして
（沒關係，不用客氣，算不了什麼）

☐ 初めまして、どうぞよろしく
（初次見面，你好，請多指教）

☐ （どうぞ）よろしく
（指教，關照）

✿ 數字

□ ゼロ【zero】／零^{れい}
（〈數〉零；沒有）

□ 1^{いち}
（〈數〉一；第一）

□ 2^に
（〈數〉二，兩個）

□ 3^{さん}
（〈數〉三；三個）

□ 4^し／4^{よん}
（〈數〉四；四個）

□ 5^ご
（〈數〉五；五個）

□ 6^{ろく}
（〈數〉六；六個）

□ 7^{しち}／7^{なな}
（〈數〉七；七個）

□ 8^{はち}
（〈數〉八；八個）

□ 9^{きゅう}／9^く
（〈數〉九；九個）

□ 10^{じゅう}
（〈數〉十；第十）

□ 百^{ひゃく}
（〈數〉一百）

□ 千^{せん}
（〈數〉千；一千）

□ 万^{まん}
（〈數〉萬）

MEMO

模擬考題

文字、語彙問題

もんだい1 ＿＿＿＿の ことばは ひらがな、カタカナや かんじで どう かきますか。
1・2・3・4から いちばん いいものを ひとつ えらんで ください。

_____ ① <u>百</u>

    1　ひゃく   2　せん   3　まん   4　ゼロ

_____ ② <u>九</u>

    1　しち   2　じゅう   3　きゅう   4　はち

_____ ③ <u>初めまして</u>

    1　はつめまして   2　はじめまして   3　はしめまして   4　しょめまして

_____ ④ <u>あめりか人</u>

    1　アメンカ   2　アイリカ   3　ヤメリカ   4　アメリカ

もんだい2 ＿＿＿＿＿の ぶんと だいたい おなじ いみの ぶんが あります。
1・2・3・4から いちばん いいものを ひとつ えらんで ください。

_____ ① <u>しつれいします</u>。

    1　いってきます。
    2　いただきます。
    3　さようなら。
    4　いかがですか。

_____ ② <u>ごめんなさい</u>。

    1　よろしく。
    2　すみません。
    3　ありがとう。
    4　おねがいします。

文法問題

もんだい1 （　　　）に　なにを　いれますか。1・2・3・4から　いちばん　いいものを
ひとつ　えらんで　ください。

_____ ❶ 中山さん（　　　）学生です。

1　は　　　　　　　2　か　　　　　　　3　で　　　　　　　4　から

_____ ❷ 中国（　　　）　来ました。

1　で　　　　　　　2　か　　　　　　　3　から　　　　　　4　の

_____ ❸ あなたは　日本人です（　　　）。

1　は　　　　　　　2　か　　　　　　　3　から　　　　　　4　で

_____ ❹ わたしは　大学（　　　）先生です。

1　は　　　　　　　2　か　　　　　　　3　の　　　　　　　4　から

_____ ❺ A「橋本さんは　日本人ですか。」

B「（　　　）。そうです。」

1　さん　　　　　　2　はい　　　　　　3　です　　　　　　4　から

_____ ❻ 中山美穂（　　　）。よろしく。

1　の　　　　　　　2　はい　　　　　　3　か　　　　　　　4　です

もんだい2 　したの　ちゅうごくごは　にほんごで　どう　いいますか。（　　　）のなかの
ことばを　□の　なかに　ただしく　ならべかえて　ください。

請依照中文的意思，把（　）內的日文重新排序，再把號碼填進方格內。

❶ 初次見面，我叫田中美香，請多指教。

（① 田中美穂です　② お願いします　③ よろしく　④ どうぞ　⑤ 初めまして）。

□ ▶ □ ▶ □ ▶ □ ▶ □

❷ 你是東京大學的學生嗎？

（① です　② は　③ の　④ 東京大学　⑤ 学生　⑥ か　⑦ あなた）。

□ ▶ □ ▶ □ ▶ □ ▶ □ ▶ □ ▶ □

把朋友的朋友都變成朋友吧！

こちらは 山口建太さんです。

看圖記單字 絵を見て覚えよう

各行各業的朋友你都有！

てんいん
店員／店員

かんごし
看護師／護士

かいしゃいん
会社員／公司職員

せんせい
先生／老師

わたし かんごし
私は 看護師です。
／我是護士。

あなたは？
／你呢？

がくせい
学生／學生

注解：日本「学生」一詞主要指就讀高等專門學校（類似台灣五專）、大專院校或研究所的學生。

きしゃ
記者／記者

けいさつかん
警察官／警察

しゅふ
主婦／主婦

さっか
作家／作家

うんてんしゅ
運転手／司機

いしゃ
医者／醫生

かしゅ
歌手／歌手

2.2 參考對話框說法，跟朋友互相練習一下！

しごと
A：お仕事は？
您從事什麼工作？

いしゃ
B：医者です。
我是醫生。

靈活應用
応用編

🎧 **2.3**

這是新成立的男子偶像團體，兩位成員來自不同的國家，平時還有自己的工作呢！讓我們來聽聽電台DJ的採訪，認識他們吧！接著，再與同伴輪流扮演偶像及DJ，練習日語會話！

名前 なまえ	国 くに	仕事 しごと	住まい す
山口建太 やまぐちけんた	日本 にほん	先生 せんせい	東京 とうきょう
金明俊 キムミョンジュン	韓国 かんこく	店員 てんいん	ソウル

DJ こちら ❶ は 山口建太さんです。

健太 皆さん、こんにちは。山口建太です。日本から 来ました。どうぞ よろしく。

DJ 山口さんの お住まい ❷ は 横浜ですか。

健太 いいえ、横浜では ありません ❸。東京です。

DJ こちらは 金明俊さんです。

明俊 皆さん、こんにちは。金明俊です。私は 韓国から 来ました。よろしく。

DJ 金さんの お住まいは ソウルですか。

明俊 はい、そうです。

DJ ：這位是山口建太先生。
建太：大家好，我是山口建太。我來自日本。請大家指教。
DJ ：山口先生住在橫濱嗎？
建太：不是，不在橫濱，而是東京。
DJ ：這位是金明俊先生。
明俊：大家好，我是金明俊。我來自韓國，請指教。
DJ ：金先生住在首爾嗎？
明俊：是的，沒錯。

文法重點提要

❶ こちら
❷ お[名詞]
❸ はい／いいえ；
　　[人]は[名詞]です／ではありません

詳細解說請見下頁

文法重點說明

❶ こちらは　山口建太(やまぐちけんた)さんです。（這位是山口建太先生。）

這裡的「こちら」（這一位）用來指人，常用在介紹的時候。對長輩、上司使用。

➡ こちらは　山田先生(やまだせんせい)です。（這一位是山田老師。）

> 咦？站在田中先生旁邊這位文質彬彬的先生是誰啊？

> 經過田中先生介紹，原來「こちら」（這位）是山田老師啊！

➡ こちらは　医者(いしゃ)の王(おう)さんです。（這一位是王醫師。）

❷ 山口(やまぐち)さんの　お住(す)まいは　横浜(よこはま)ですか。（山口先生住在横濱嗎？）

「お住まい」的「お」是表示尊敬意義的接頭詞，一般接在跟人有關的詞前面，表示對所接詞裡的人的尊敬。例如：「お名前」（您貴姓）、「お仕事」（您從事的工作）等。

❸ いいえ、横浜(よこはま)では　ありません。（不，不是橫濱。）

「いいえ」（不是），表示否定的回答。相對地，「はい」（是的）用在肯定或承認對方的意見。

➡ あなたは　学生(がくせい)ですか。（你是學生嗎？）

⇨ はい、そうです。（是的，我是。）

⇨ いいえ、そうではありません。私(わたし)は　先生(せんせい)です。（不，不是的，我是老師。）

「[人] は [名詞] ではありません」。「ではありません」（不是）是「です」（是）的否定形式。説法口語、隨便一點就用「じゃありません」，「じゃ」是「では」的口語音變形。

➡ 花子(はなこ)は　学生(がくせい)じゃ　ありません。（花子不是學生。）
➡ 私(わたし)は　先生(せんせい)じゃ　ありません。（我不是老師。）

認識新朋友

友だちを作ろう

想在網路上認識新朋友，就先來看看她的個人資料吧！

everyday extra agency online file

address: http://www.ddddddd.co.edu.tw/

名前：佐藤ゆり
国：日本
仕事：学生
住まい：横浜

／姓名：佐藤百合
／國籍：日本
／工作：學生
／住處：橫濱

home
next>
<back
Links
info

 請幫佐藤小姐回答她的個人資料，接著再聽一次MP3，看看是不是答對了呢？

1 お名前は？ ＿＿＿＿＿＿＿＿です。

2 お国は？ ＿＿＿＿＿＿＿＿です。

3 お仕事は？ ＿＿＿＿＿＿＿＿です。

4 お住まいは？ ＿＿＿＿＿＿＿＿です。 答案及翻譯詳見P144

想要多交新朋友，請參考以下說法，找朋友練習一下！

お名前は？

您的大名是？

佐藤ゆりです。

我叫佐藤百合。

 れんしゅう

想隨時關注對方，保持聯絡，
你還可以聊些什麼呢？

單字：フェイスブック (Facebook)
例句：フェイスブックの名前は？
你 FB 的名字是什麼？

やってみよう

填填看

已經作過互相介紹的會話練習，現在請填上簡單的個人資料，找朋友演練一遍，就可以上網交日本朋友了！

名前（なまえ）	
国（くに）	
仕事（しごと）	
住まい（すまい）	

生日：7/22

曾就讀××大學

感情狀態：一言難盡

❗ 哎呀！對方會錯意了，該怎麼回答呢？

> 佐藤（さとう）さんは アメリカ人（じん）ですか。

佐藤小姐是美國人嗎？

> ✖ いいえ、佐藤（さとう）さんは アメリカ人（じん）では ありません。日本人（にほんじん）です。
> ⭕ はい、アメリカ人（じん）です。

✖ →不，佐藤小姐不是美國人。是日本人。
⭕ →是的，是美國人。

🎧 **2.5** 請根據佐藤小姐的個人資料，回答下列問題，填寫完再聽MP3，看看自己答對了嗎？

❶ 佐藤（さとう）さんは 日本人（にほんじん）ですか。

_____。

❷ 佐藤（さとう）さんは 店員（てんいん）ですか。

_____。

❸ 佐藤（さとう）さんの お住まい（すまい）は 東京（とうきょう）ですか。

_____。

參考答案及翻譯詳見P144

話してみよう
對話練習

2.6　您已經跟佐藤小姐成為好朋友了，現在您
要介紹佐藤小姐給田中先生。

あなた　田中さん、こちらは　佐藤さんです。
　　　　　佐藤さん、こちらは　田中さんです。
佐藤　佐藤です。どうぞ　よろしく。
田中　田中です。どうぞ　よろしく。

你　：田中先生，這位是佐藤小姐。
　　　佐藤小姐，這位是田中先生。
佐藤：我叫佐藤，請多指教。
田中：我叫田中，請多指教。

讀解練習

請閱讀以下短文，試著回答下列問題。

閱讀

地球の　皆さん、こんにちは。私は　宇宙人です。地球人では

ありません。名前は　宇宙タロウです。仕事は　地球の　研究です。

今の　住まいは　月です。よろしく　お願いします。

❶ 「私」の　仕事は　（　　）です。
- ❶ 宇宙の　研究
- ❷ 地球の　研究
- ❸ 月の　研究
- ❹ 宇宙人

❷ 「私」の　今の　住まいは　（　　）です。
- ❶ 中国
- ❷ 日本
- ❸ 地球
- ❹ 月

各位地球人，大家好。我是外星人，不是地球人。我的名字是宇宙太郎，工作是從事地球的研究，目前住在月亮上。請大家多多指教！

❶ 「我」的工作是（　　）。
　❶ 宇宙的研究　❷ 地球的研究　❸ 月球的研究　❹ 外星人

❷ 「我」現在的居住地是（　　）。
　❶ 中國　❷ 日本　❸ 地球　❹ 月球

答案：❶ 2．❷ 4

單字總整理！

❋ 學校

□ 生徒（せいと）
（〈中學、高中〉學生）

□ 先生（せんせい）
（老師；醫生）

□ 学生（がくせい）
（學生）

❋ 工作

□ 医者（いしゃ）
（醫生，大夫）

□ 警官（けいかん）
（警官，警察）

□ お巡りさん（まわ）
（〈俗稱〉警察，巡警）

□ 仕事（しごと）
（工作；職業）

□ 会社（かいしゃ）
（公司；商社）

❋ 郵局

□ 葉書（はがき）
（明信片）

□ 切手（きって）
（郵票）

□ 手紙（てがみ）
（信，函）

□ 封筒（ふうとう）
（信封，封套）

□ 切符（きっぷ）
（票，車票）

□ ポスト【post】
（郵筒，信箱）

模擬考題

一 文字、語彙問題

もんだい1 ＿＿＿の ことばは ひらがな、カタカナや かんじで どう かきますか。
1・2・3・4から いちばん いいものを ひとつ えらんで ください。

＿＿＿ ❶ 先生
　　　1　せんせ　　　　2　せんせい　　　　3　せいせい　　　　4　せんせえ

＿＿＿ ❷ 医者
　　　1　いっしゃ　　　2　いしや　　　　　3　いっしゃあ　　　4　いしゃ

＿＿＿ ❸ 会社
　　　1　かいじゃ　　　2　かいしゃ　　　　3　がいしゃ　　　　4　かいしや

＿＿＿ ❹ 切手
　　　1　きって　　　　2　きて　　　　　　3　きっで　　　　　4　きで

＿＿＿ ❺ ふうとう
　　　1　封胴　　　　　2　封洞　　　　　　3　封茼　　　　　　4　封筒

＿＿＿ ❻ ぽすと
　　　1　ポスメ　　　　2　ポヌト　　　　　3　オスと　　　　　4　ポスト

もんだい2 ＿＿＿の ぶんと だいたい おなじ いみの ぶんが あります。
1・2・3・4から いちばん いいものを ひとつ えらんで ください。

＿＿＿ ❶ たなかさんは ソウルから きました。
　　　1　たなかさんは　にほんじんです。　　　2　たなかさんは　ちゅうごくじんです。
　　　3　たなかさんは　かんこくじんです。　　4　たなかさんは　アメリカじんです。

＿＿＿ ❷ たなかさんは おまわりさんです。
　　　1　たなかさんは　せんせいです。　　　　2　たなかさんは　いしゃです。
　　　3　たなかさんは　けいかんです。　　　　4　たなかさんは　がくせいです。

文法問題

もんだい1 （　　　）に　なにを　いれますか。1・2・3・4から　いちばん　いいものを　ひとつ　えらんで　ください。

_____ ❶ A「あなたは　日本人ですか。」
　　　 B「（　　　）、日本人では　ありません。」
　　　 1　いいえ　　　　　　2　はい　　　　　　3　そうです　　　　　4　どうぞ

_____ ❷ （　　　）住まいは　おおさかですか。
　　　 1　の　　　　　　　　2　お　　　　　　　3　か　　　　　　　　4　に

_____ ❸ 楊さん（　　　）お仕事は　先生ですか。
　　　 1　か　　　　　　　　2　の　　　　　　　3　に　　　　　　　　4　で

_____ ❹ A「あなたは　お巡りさんですか。」
　　　 B「はい、（　　　）。」
　　　 1　お巡りさんですか　　　　　　　　　2　お巡りさんでは　ありません
　　　 3　そうですか　　　　　　　　　　　　4　そうです

_____ ❺ A「失礼ですが、お名前は。」
　　　 B「（　　　）。」
　　　 1　楊です　　　　　　2　先生です　　　　　3　ソウルです　　　　4　大学です

もんだい2 　したの　ちゅうごくごは　にほんごで　どう　いいますか。（　　　）のなかの　ことばを　□の　なかに　ただしく　ならべかえて　ください。
請依照中文的意思，把（　）內的日文重新排序，再把號碼填進方格內。

❶ 橋本先生是住東京嗎？
（①か　②東京です　③の　④お住まい　⑤橋本さん　⑥は）。
□ ▶ □ ▶ □ ▶ □ ▶ □ ▶ □

❷ 各位，這位是臺灣的王先生。
（①は　②台湾　③の　④王さんです　⑤こちら　⑥皆さん）。
□ ▶ □ ▶ □ ▶ □ ▶ □ ▶ □

請進！別客氣，當自己的家囉～

それは　私の　くつしたです。

看圖記單字　絵を見て覚えよう

聽聽看！再大聲唸出來

❶ ソファー／沙發

❷ 窓／窗戶

❸ カーテン／窗簾

❹ 箸／筷子

❺ 電気スタンド／檯燈

❻ 時計／時鐘

❼ 花瓶／花瓶

❽ テーブル／桌子

❾ いす／椅子

❿ 本棚／書架

⓫ 絵／圖畫

⓬ ドア／門

注解：日文中「沙發」一詞，書寫通常傾向使用「ソファ」，口説時常唸作「ソファー」，但也沒有太硬性的規定。

3.2 找找家中傢俱的單字，並參考下列對話和朋友練習一下！

A： これは　何ですか。

　　這是什麼？

B： それは　私の　ソファーです。

　　那是我的沙發椅。

靈活應用
応用編

🎧 **3.3**
花子到好友小金的房間，小金的房間一團糟。
先聽聽她們的對話，原來小金最喜歡的偶像是…。

花子 これは 何❶ですか。

小金 それは 私の くつしたです。

花子 この かばんも、金さんのです❷か。

小金 いいえ、そうでは ありません❸。妹のです。

花子 これは、タオルと ハンカチ❹ですか。

小金 はい、そうです。

花子 キムタクの ポスターは どれですか。

小金 あれです。

花子：這是什麼？
小金：這是我的襪子。
花子：這個包包也是金小姐的嗎？
小金：不，不是的。那是我妹妹的。
花子：這是毛巾和手帕嗎？
小金：是的，沒錯。
花子：請問木村拓哉的海報是哪一個呢？
小金：是那個。

それは 私の＿＿＿＿＿です。

文法重點提要

❶ これ／それ／あれ／この／その／あの；
何（なに／なん）

❷ [名詞]も（付加）；
[人]のです（所有）

❸ そうです／ではありません

❹ [名詞]と[名詞]

詳細解說請見下頁

⬆ 好好表現一下囉！找出插畫中其它的物品，並參考上面的對話，跟
同伴做練習。

文法重點說明

❶ これは 何(なん)ですか。（這是什麼？）

中文裡只有「這個」跟「那個」，但在日文中有三種指示代名詞。有了指示詞，我們就知道說話現場的事物，和說話內容中的事物在什麼位置了。日語的指示詞有下面四個系列：

こ系列—指示離說話者近的事物。

そ系列—指示離聽話者近的事物。

あ系列—指示說話者、聽話者範圍以外的事物。

ど系列—指示範圍不確定的事物。

指說話現場的事物時，如果這一事物離說話者近的就用「こ系列」，離聽話者近的用「そ系列」，在兩者範圍外的用「あ系列」。指示範圍不確定的用「ど系列」。

	事物	事物	場所	方向	範圍
こ	これ 這個	この 這個	ここ 這裡	こちら 這邊	說話者一方
そ	それ 那個	その 那個	そこ 那裡	そちら 那邊	聽話者一方
あ	あれ 那個	あの 那個	あそこ 那裡	あちら 那邊	說話者、聽話者以外的
ど	どれ 哪個	どの 哪個	どこ 哪裡	どちら 哪邊	是哪個不確定的

▼ これ／それ／あれ／どれ

這一組是事物指示代名詞，用來代指物品。「これ」（這個）指離說話者近的事物。「それ」（那個）指離聽話者近的事物。「あれ」（那個）指說話者、聽話者範圍以外的事物。「どれ」（哪個）表示事物的不確定和疑問。

➡ これは 何(なん)ですか。（這是什麼？）

⇨ それは 山田(やまだ)さんの パソコンです。（那是山田先生的電腦。）

▼ この／その／あの／どの

這組也是指示代名詞，它跟可以單獨使用的「これ／それ／あれ／どれ」不同，是不能單獨使用的，只能用來連接名詞。

➡ この 人(ひと)は 中山(なかやま)さんです。（這個人是田中先生。）

➡ これは いすです。（這是椅子。）

「何（なに）／（なん）」代替名稱或情況不瞭解的事物。也用在詢問數字。可譯作「什麼」。「何が」、「何を」及「何も」唸「なに」；「何だ」、「何の」及詢問數字時唸「なん」；至於「何で」、「何に」、「何と」及「何か」唸「なに」或「なん」都可以。

➡ これは　何ですか。（這是什麼呢？）

➡ それは　何もの　ですか。（那是什麼東西？）

❷ この　かばんも、金さんのですか。（這個包包也是金小姐的嗎？）

「［名詞］も」表示跟其他的事物是一樣的。可譯作「也…」、「又…」。

➡ 山田さんは　医者です。鈴木さんも　医者です。（山田先生是醫生。鈴木先生也是醫生。）

「［人］のです。」這裡的「の」表示所有。是替代該名詞的同位語。這樣，後面就可以省略前面出現過的名詞，不需要再重複説了。可譯作「…的」。

➡ この　時計は　誰のですか。（這個時鐘是誰的？）

⇨ 私の　時計です。＝私のです。（那時鐘是我的。＝是我的。）

❸ いいえ、そうでは　ありません。（不，不是的。）

「そうでは　ありません。」是肯定對方意見「そうです」（是的）的相對詞。表示否定或不承認對方的意見、所説的話，較隨便的説法是「そうじゃありません」（不是的）。

➡ それは　鉛筆ですか。（那是鉛筆嗎？）

⇨ いいえ、そうでは　ありません。ペンです。（不，不是的，是原子筆。）

❹ これは　タオルと　ハンカチですか。（這是毛巾跟手帕嗎？）

「［名詞］と［名詞］」表示幾個事物的並列。「と」大多與名詞相接，把想要敘述的主要東西，全部都清楚地列舉出來。可譯作「…和…」、「…與…」。

➡ これは　猫と　犬です。（這是貓跟狗。）

➡ 朝は　パンと　紅茶です。（早上吃麵包和喝紅茶。）

▶ こそあど系列

これ

それ

あれ

どれ

こそあど系列

	連體詞	指示代名詞
指離説話者近的事物	この〜／這〜	これ／這個
指離聽話這近的事物	その〜／那〜	それ／那個
指説話者、聽話者範圍以外的事物	あの〜／那〜	あれ／那個
只是物的不確定和疑問	どの〜／哪〜	どれ／哪個

聽力練習ア

3.4 花子在跟朋友介紹她身邊的東西，請把正確的單字號碼填在 ◯ 中。

花子

日文單字

1	ねこ
2	ソファー
3	かばん
4	携帯 _{けいたい}
5	本 _{ほん}
6	テレビ
7	池 _{いけ}
8	花 _{はな}
9	鳥 _{とり}

中譯

1.貓　2.沙發　3.包包　4.手機　5.書
6.電視　7.人造池塘　8.花　9.鳥

答案詳見P144

聞き取り練習
聽力練習イ

🎧 3.5 花子非常喜歡動物，一到動物園便興奮地問個不停。花子問的是哪個動物呢？請聽MP3，把正確的動物日文名稱填入空白處。

1 _____

2 _____

3 _____

4 _____

5 _____

6 _____

7 _____

8 _____

答案詳見P145

動物的說法都學會了嗎？請參考下面的對話，跟朋友做練習。 ↴

換掉綠色字就可以用日語聊天了～

Ⓐ これは　ぞうですね。

Ⓑ はい、そうです。

Ⓐ あれは　豚ですね。

Ⓑ いいえ、豚では　ありません、犬です。

A：這是大象吧？
B：是的。沒錯。
A：那是豬吧？
B：不，不是豬，是狗。

造句練習

將順序混亂的字詞，組合成文意通順的句子。

例：は／です／これ／いす ➡ これは　いすです。（這是椅子。）

<table>
<tr><td>

1

の／は／です／花子（はなこ）／
ギター／それ

答案

</td><td>

2

の／太郎（たろう）／は／その／
テーブル／です

答案

</td><td>

3

花瓶（かびん）／です／カーテン／
は／と／あれ

答案

</td></tr>
</table>

答案詳見P145

小短文

　　到老朋友家作客，帶個伴手禮，才符合禮尚往來的精神。不過看似簡單的事情，背後卻隱藏著深厚的學問呢！說到「送禮」，不由得令人想起日本人那多禮又細膩的送禮文化了。

　　送禮是日本人表達謝意的方式之一，他們可算是從年頭到年尾都在送禮的民族，對「送禮」可有一套縝密的哲學喔！根據調查，普遍的日本人喜歡收到比較實用的禮物，例如罐頭、海鮮、醬菜等食品類，或是禮券、清潔劑、酒類、飲品及水果等，都廣受歡迎呢！話說回來，送禮最重要的還是讓對方感受到你的用心囉！

読んでみよう

讀解練習

請閱讀以下短文，試著回答下列問題。

閱讀

これは　私の　学校です。校舎の　前は、校庭です。校庭の　端は、駐車場です。あの　車は、校長先生のです。あれは　体育館です。その　隣は　プールです。プールの　後ろは、物置です。あの　物置は、幽霊の　家です。これは、秘密です。

❶ 校舎の　前の　端は　何ですか。
　① 校庭です。
　② 駐車場です。
　③ 体育館です。
　④ プールです。

❷ （　　）は　幽霊の　住まいです。
　① 校舎
　② 校長先生の　車
　③ 体育館
　④ 物置

　這是我的學校。校舎的前面是校園，靠校園的尾端是停車場。那部車是校長的。那個是體育館，旁邊是游泳池。游泳池的後面是儲藏室，那間儲藏室裡住著鬼。這是秘密。

❶ 校舎前面的尾端是什麼呢？
　❶ 是校園。　　❷ 是停車場。　　❸ 是體育館。　　❹ 是游泳池。

❷ （　　）是鬼住的地方。
　❶ 校舎　❷ 校長先生的車　❸ 體育館　❹ 儲藏室

答案：❶1・❷4

✿ 臥室

□ ベッド【bed】
（床，床舖）

□ 窓 (まど)
（窗戶）

□ 電気 (でんき)
（電力；電燈）

✿ 空間

□ 部屋 (へや)
（房間；屋子）

□ 階段 (かいだん)
（樓梯，階梯，台階）

□ シャワー【shower】
（淋浴；驟雨）

□ お手洗い (てあらい)
（廁所，洗手間）

□ トイレ【toilet】
（廁所，洗手間，盥洗室）

□ 風呂 (ふろ)
（浴缸；洗澡）

□ 台所 (だいどころ)
（廚房）

□ 玄関 (げんかん)
（〈建築物的〉正門，前門，玄關）

✿ 生活用品

 □ 机 (つくえ)（桌子，書桌）

 □ 椅子 (いす)（椅子）

 □ 時計 (とけい)（鐘錶，手錶）

 □ 電話 (でんわ)（電話；打電話）

 □ 本棚 (ほんだな)（書架，書櫃）

 □ ラジカセ【(和)radio＋cassette 之略】（錄放音機）

□ 冷蔵庫 (れいぞうこ)（冰箱）

 □ 花瓶 (かびん)（花瓶）

□ テーブル【table】（桌子；餐桌）

 □ テープレコーダー【tape recorder】（磁帶錄音機）

 □ テレビ【television】（電視）

□ ラジオ【radio】（收音機）

 □ 石けん (せっけん)（香皂，肥皂）

 □ ストーブ【stove】（火爐，暖爐）

❀ 代名詞

□ **これ**
（這個，此；這人；現在，此時）

□ **それ**
（那，那個；那時，那裡；那樣）

□ **あれ**
（那，那個；那時；那裡）

□ **どれ**
（哪，哪個）

□ **ここ**
（這裡；〈表程度，場面〉此，如今；〈表時間〉近來，現在）

□ **そこ**
（那兒，那邊）

□ **あそこ**
（那兒，那邊）

□ **どこ**
（何處，哪兒，哪裡）

□ **こちら**
（這邊，這裡，這方面；這位；我，我們〈口語為 " こっち "〉）

□ **そちら**
（那兒，那裡；那位，那個；府上，貴處〈口語為 " そっち "〉）

□ **あちら**
（那兒，那裡；那位，那個；府上，貴處〈口語為 " そっち "〉）

□ **どちら**
（〈方向，地點，事物，人等〉哪裡，哪個，哪位〈口語為 " どっち "〉）

□ **この**
（這，這個）

□ **その**
（那，那個）

□ **あの**
（〈表第三人稱，離說話雙方都距離遠的〉那裡，那個，那位）

□ **どの**
（哪個，哪）

□ **こんな**
（這樣的，這種的）

□ **どんな**
（什麼樣的；不拘什麼樣的）

□ **誰**
（誰，哪位）

□ **誰か**
（誰啊）

□ **どなた**
（哪位，誰）

□ **何／何**
（什麼；任何；表示驚訝）

模擬考題

一 文字、語彙問題

もんだい1 ＿＿＿の ことばは ひらがな、カタカナや かんじで どう かきますか。
1・2・3・4から いちばん いいものを ひとつ えらんで ください。

_____ ① お風呂

    1 ふれ   2 ふろ   3 ぶろ   4 ふら

_____ ② 時計

    1 どけい   2 とけい   3 とうけい   4 とげい

_____ ③ 冷蔵庫

    1 れえぞうこ   2 れいそうこ   3 れいぞうこう   4 れいぞうこ

_____ ④ まど

    1 迷   2 戸   3 窓   4 的

_____ ⑤ へや

    1 倍屋   2 部尾   3 部屋   4 剖屋

_____ ⑥ てーぶる

    1 テーブル   2 テーブレ   3 テーブラ   4 ラーブロ

もんだい2 ＿＿＿の ぶんと だいたい おなじ いみの ぶんが あります。
1・2・3・4から いちばん いいものを ひとつ えらんで ください。

_____ ① いいえ、ちがいます。

    1 はい、そうです   2 いいえ、そうです。
    3 いいえ、そうでは ありません。   4 はい、そうでは ありません。

_____ ② あの ひとは どなた ですか。

    1 あの ひとの しごとは なんですか。   2 あの ひとの いえは どこですか。
    3 あの ひとの なまえは なんですか。   4 あの ひとの かいしゃは どこですか。

文法問題

もんだい１　（　　　）に　なにを　いれますか。１・２・３・４から　いちばん　いいものを
ひとつ　えらんで　ください。

_____ ❶ A「この　時計は　だれの　ですか。」
B「あ、それは　わたし（　　　）　です。」
1　か　　　　　　　2　の　　　　　　　3　を　　　　　　　4　が

_____ ❷ 楊さんは　台湾人です。林さん（　　　）台湾人です。
1　と　　　　　　　2　や　　　　　　　3　も　　　　　　　4　か

_____ ❸ 皆さん、こちらは　ジョンさん（　　　）　アンナさんです。
1　や　　　　　　　2　か　　　　　　　3　の　　　　　　　4　と

_____ ❹ A「それは　　（　　　）ですか。」
B「机です。」
1　どの　　　　　　2　だれ　　　　　　3　机　　　　　　　4　何

_____ ❺ A「（　　　）いすは　あなたのですか。」
B「いいえ、違います。」
1　どの　　　　　　2　何　　　　　　　3　これ　　　　　　4　この

_____ ❻ A「これは（　　　）　のですか。」
B「はい、わたしのです。」
1　その　人　　　　2　だれ　　　　　　3　わたし　　　　　4　あなた

もんだい２　したの　ちゅうごくごは　にほんごで　どう　いいますか。（　　　）のなかの
ことばを　□の　なかに　ただしく　ならべかえて　ください。
請依照中文的意思，把（　　　）內的日文重新排序，再把號碼填進方格內。

❶ 那是田中先生的收音機。
（①です　②は　③それ　④田中さん　⑤ラジオ　⑥の）。

□ ▶ □ ▶ □ ▶ □ ▶ □ ▶ □

❷ 這房間是花子的嗎？
（①花子　②は　③部屋　④か　⑤この　⑥です　⑦の）。

□ ▶ □ ▶ □ ▶ □ ▶ □ ▶ □ ▶ □

第4課 為你介紹，這是我奶奶！

この人はどなたですか。

4.1 看圖記單字　絵を見て覚えよう

聽聽看！再大聲唸出來

① 祖父／祖父
② 祖母／祖母
③ 父／父親
④ 母／母親
⑤ 叔父／叔叔
⑥ 叔母／阿姨
⑦ 兄／哥哥
⑧ 姉／姊姊
⑨ 私／我
⑩ 弟／弟弟
⑪ 妹／妹妹
⑫ 夫／先生
⑬ 妻／太太
⑭ 娘／女兒
⑮ 息子／兒子

靈活應用
応用編

🎧 **4.2**

蓮和結衣正在看家人的照片，結衣向蓮介紹了自己的家人。
怎麼用日文介紹家人呢？也拿出自己的全家福照片，一邊參
考對話，和同伴練習一下吧！

為你介紹，這是我奶奶！

蓮	これは　どなた❶ですか。
結衣	姉(あね)です。
蓮	お姉さんは　おいくつ❷ですか。
結衣	２８歳(にじゅうはっさい)❸です。
蓮	この　人(ひと)は　どなたですか。
結衣	兄(あに)です。兄(あに)は　セールスマンです。
蓮	お兄さんの　会社(かいしゃ)は　どちら❹ですか。
結衣	ＡＢＣ(エービーシー)貿易(ぼうえき)です。
蓮	ああ、くつの　会社(かいしゃ)ですね❺。

蓮　：請問這是哪一位呢？
結衣：這是家姊。
蓮　：請問令姊幾歲呢？
結衣：二十八歲。
蓮　：請問這位是誰呢？
結衣：這是家兄。家兄是業務員。
蓮　：請問令兄的公司是哪一家呢？
結衣：ABC 貿易公司。
蓮　：喔，是那家專做鞋子的公司吧。

文法重點提要

❶ 誰／どなた
❷ いくつ（歲）
❸ [數字]歲
❹ どちら
❺ [句子]ね

詳細解說請見下頁

❗ 好好表現一下囉！請拿出自己的全家福照片，
參考上面的對話，跟同伴介紹自己的家人。

文法重點說明

❶ これは どなたですか。（請問這是哪一位呢？）

「だれ」是詢問人的名字等等的不定稱疑問詞。它相對於第一、二、三人稱，也就是「誰」的意思。更有禮貌的說法是「どなた」，可譯作「哪位」。

➡ あの 人は だれですか。（那個人是誰？）

➡ あなたは どなたですか。（您是哪位呢？）

❷ お姉さんは おいくつですか。（請問令姊幾歲呢？）

「いくつ」在這裡是詢問年齡的疑問詞，可譯作「幾歲」。另外，也可以用來詢問個數。

➡ おいくつですか。（請問您幾歲？）

➡ あの 人は おいくつですか。（請問那一位幾歲了？）

❸ ２８歳です。（二十八歲。）

「[數字] 歳」是將助數詞「歳」接在數字後面，表示年齡。詢問幾歲則用「何歳（なんさい）」。

➡ 妹は ８歳です。（我妹妹八歲。）

➡ お姉さんは 何歳ですか。（你姊姊幾歲？）

❹ お兄さんの 会社は どちらですか。（請問令兄的公司是哪一家呢？）

表示不明確或不特定的場所、方向的「どちら」（哪邊），還可以用在有禮貌地詢問對方服務的公司在哪裡。

❺ ああ、くつの 会社ですね。（喔，是那家專做鞋子的公司吧。）

「ね」表示輕微的感嘆，且帶有徵求對方認同的語氣，基本上使用在說話人認為對方也知道的事物上。另外，也有跟對方做確認的語氣。

➡ 今日は 暑いですね。（今天真熱啊！）—徵求認同

➡ あなたは 学生ですね。（你是學生吧！）—確認

➡ 桜ちゃんは 二十歳ですね。（小櫻二十歲吧！）—確認

数字と年齢

數字跟年齡

4.3 邊聽邊練習，並參考下面的例句，跟同伴介紹自己的家人跟年齡。

11 じゅういち	12 じゅうに	13 じゅうさん	14 じゅうよん、じゅうし
15 じゅうご	16 じゅうろく		17 じゅうなな、じゅうしち
18 じゅうはち	19 じゅうきゅう、じゅうく	20 にじゅう	

30 さんじゅう	40 よんじゅう	50 ごじゅう
60 ろくじゅう	70 ななじゅう	80 はちじゅう
90 きゅうじゅう	100 ひゃく	

Ⓐ これは だれですか。

Ⓑ 兄（あに）です。

Ⓐ おいくつですか。

Ⓑ ２５歳（にじゅうご さい）です。

A：這位是誰？
B：是我哥哥。
A：他幾歲了？
B：二十五歲。

雖然日語說到年齡，大部分都像中文一樣，直接在數字後面加上「歲」就行了，不過還是有一些唸法不是照著這樣的規則走喔！例如，「二十歲」通常不會唸成「にじゅっさい」，而是「はたち」，所以大家一定要特別記下這些唸法喔！

4.4 要注意的「歲數」日語唸法

▲ 1歳（いっさい）／一歲
▲ 2歳（にさい）／兩歲
▲ 3歳（さんさい）／三歲
▲ 4歳（よんさい）／四歲
▲ 5歳（ごさい）／五歲
▲ 6歳（ろくさい）／六歲
▲ 7歳（ななさい）／七歲
▲ 8歳（はっさい）／八歲
▲ 9歳（きゅうさい）／九歲

▲ 10歳・10歳（じゅっさい・じっさい）／十歲
▲ 20歳（はたち）／二十歲

◆

20歳（はたち）の お誕生日（たんじょうび）おめでとう。

二十歲生日，恭喜！

話してみよう
對話練習ア

4.5 住家附近的大公園總是這麼熱鬧！鄰居不管男女老少都愛來公園走走。
話說回來，哪個人是…？請參考對話，再跟同伴聊聊圖片中的人們。

青木／会社員
渡辺／医者
石川／店員
中村／記者
高橋／先生
橋本／学生
小林／警察官

Ⓐ あの 人は だれですか。

Ⓑ 高橋さんです。

Ⓐ 高橋さんは 先生ですか。

Ⓑ はい、そうです。

A：那個人是誰？

B：是高橋小姐。

A：高橋小姐是老師嗎？

B：是的，沒錯。

其它參考對話詳見P145

家族の呼び方
家族的稱呼

4.6 邊聽邊練習

中譯	祖父	祖母	姑姑、阿姨等	叔叔、舅舅等	父親	母親	哥哥	姊姊	弟弟	妹妹
稱呼自己家族	祖父（そふ）	祖母（そぼ）	叔母・伯母（おば・おば）	叔父・伯父（おじ・おじ）	父（ちち）	母（はは）	兄（あに）	姉（あね）	弟（おとうと）	妹（いもうと）
尊稱他人家族	おじいさん	おばあさん	おばさん	おじさん	お父さん（とう）	お母さん（かあ）	お兄さん（にい）	お姉さん（ねえ）	弟さん（おとうと）	妹さん（いもうと）

話してみよう
對話練習イ

🎧 **4.7** 請把下方圖 1～4 當作是您的家人，參考以下的對話，跟同伴介紹他們的工作，並要注意不同的稱呼方式喔！

❶ 父／研究員／ABC製薬／薬

父親／研究員／ABC製藥公司／藥品

❷ 姉／事務員／大原組／建設

姉姉／事務員／大原組／建設

❸ 兄／セールスマン／朝日自動車製作所／車

哥哥／推銷員／朝日汽車製造工廠／汽車

❹ 妹／会社員／ふじ株式会社／コンピューター

妹妹／公司職員／富士股份有限公司／電腦

Ⓐ 父は　研究員です。

Ⓑ お父さんの　会社は　どちらですか。

Ⓐ ABC 製薬です。

Ⓑ 何の　会社ですか。

Ⓐ 薬の　会社です。

お父さんの会社はどちらですか。

父は研究員です。

A：我父親是研究員。

B：令尊在哪家公司服務？

A：ABC 製藥公司。

B：是什麼樣的公司呢？

A：是藥品公司。

其它參考對話詳見P146

讀解練習

請閱讀以下短文，試著回答下列問題。

閱讀

私の 家族は、父、母、兄、私です。父は ４５歳です。二枚目俳優です。
母は ４３歳です。きれいです。だから 雑誌の モデルです。兄は
１６歳です。アイドル歌手です。女子中学生は 全部、兄の ファンです。
父、母、兄が 美男美女です。当然、私も 美少女です。

❶ 「私」の 父と 母の 仕事は 何ですか。

　❶俳優です。

　❷モデルです。

　❸俳優と モデルです。

　❹歌手です。

❷ この 人の 家族の 何人が 美男美女ですか。

　❶一人

　❷二人

　❸三人

　❹四人

我家有爸爸、媽媽、哥哥跟我。爸爸45歲，是位小生演員；媽媽43歲，長得很漂亮，因此擔任雜誌的模特兒；哥哥16歲，是個偶像歌手，每一個女中學生都是哥哥的歌迷。我的爸媽、哥哥都是俊男美女。當然，我也是正妹囉！

❶ 「我」爸爸、媽媽的工作是什麼？

　❶是演員。　❷是模特兒。　❸是演員、模特兒。　❹是歌手。

❷ 這個人的家族有幾個人是俊男美女呢？

　❶一個人　❷兩個人　❸三個人　❹四個人

單字總整理！

※ 剛上完一課，快來進行單字總復習！

為你介紹，這是我奶奶！

✿ 家族 ❶

□ お祖父さん（じい）
（祖父；外公；爺爺）

□ お祖母さん（ばあ）
（祖母；外祖母；老婆婆）

□ お父さん（とう）
（父親；令尊）

□ 父（ちち）
（家父，爸爸）

□ お母さん（かあ）
（母親；令堂）

□ 母（はは）
（家母，媽媽）

□ お兄さん（にい）
（哥哥）

□ 兄（あに）
（哥哥，家兄）

□ お姉さん（ねえ）
（姉姉）

□ 姉（あね）
（姉姉，家姉）

□ 弟（おとうと）
（弟弟）

□ 妹（いもうと）
（妹妹）

□ 伯父さん（おじ）／叔父さん（おじ）
（伯伯，叔叔，舅舅，姨丈，姑丈）

□ 伯母さん（おば）／叔母さん（おば）
（姨媽，嬸嬸，姑媽，伯母，舅媽）

✿ 家族 ❷

□ 両親（りょうしん）
（父母，雙親）

□ 奥さん（おく）
（太太，尊夫人）

□ 皆さん（みな）
（大家，各位）

□ 兄弟（きょうだい）
（兄弟；兄弟姉妹）

□ 自分（じぶん）
（自己，本人）

□ 一緒（いっしょ）
（一同，一起）

□ 家族（かぞく）
（家人，家庭，親屬）

□ 一人（ひとり）
（一人；一個人）

□ 大勢（おおぜい）
（很多〈人〉）

□ ご主人（しゅじん）
（您的先生）

□ 二人（ふたり）
（兩個人，兩人）

-47-

一 文字、語彙問題 ✻

もんだい1 _____の ことばは ひらがな、カタカナや かんじで どう かきますか。
1・2・3・4から いちばん いいものを ひとつ えらんで ください。

_____ ① 妹
　　　1　いもうと　　　　2　いもおど　　　　3　いもおと　　　　4　いもふと

_____ ② 二人
　　　1　にじん　　　　2　ににん　　　　3　ふたり　　　　4　ふだり

_____ ③ いっしょに
　　　1　一堵　　　　2　一緒　　　　3　一渚　　　　4　一諸

_____ ④ 家族
　　　1　かぞく　　　　2　かそく　　　　3　かじょく　　　　4　かじょぐ

もんだい2 _____の ぶんと だいたい おなじ いみの ぶんが あります。
1・2・3・4から いちばん いいものを ひとつ えらんで ください。

_____ ① うちは さんにん きょうだいです。
　　　1　うちの こどもは おじ、わたしと いもうとです。
　　　2　うちの こどもは おばあさん、わたしと おねえさんです。
　　　3　うちの こどもは あに、わたしと いもうとです。
　　　4　うちの こどもは おば、わたしと おとうとです。

_____ ② あの ひとは わたしの おじです。
　　　1　あの ひとは ちちの おじさんです。　　2　あの ひとは ちちの おとうさんです。
　　　3　あの ひとは ちちの おじいさんです。　　4　あの ひとは ちちの おにいさんです。

_____ ③ あの おとこの こは わたしの おとうとです。
　　　1　わたしは あの おとこの この ははです。
　　　2　わたしは あの おとこの この いもうとです。
　　　3　わたしは あの おとこの この あねです。
　　　4　わたしは あの おとこの この ちちです。

もんだい1 （　　　）に　なにを　いれますか。1・2・3・4から　いちばん　いいものを
ひとつ　えらんで　ください。

_____ ① A「中山さんは（　　　）　ですか。」
B「20 歳です。」
1　何　　　　　　　　2　何歳　　　　　　3　どなた　　　　　4　先生

_____ ② A「あの　人は（　　　）　ですか。」
B「金さんです。」
1　何　　　　　　　　2　わたし　　　　　3　あなた　　　　　4　だれ

_____ ③ A「彼は　いくつ　ですか。」
B「（　　　）です。」
1　2,000 円　　　　2　18 歳　　　　　3　20 個　　　　　　4　3 人

_____ ④ お父さんの　会社は（　　　）ですか。
1　だれ　　　　　　2　どなた　　　　　3　どちら　　　　　4　どの

_____ ⑤ A「それは　何の　会社ですか。」
B「（　　　）です。」
1　田中さんの　会社　2　チケット売り場　3　イタリアの　車　4　車の　会社

もんだい2　したの　ちゅうごくごは　にほんごで　どう　いいますか。（　　　）のなかの
ことばを　□の　なかに　ただしく　ならべかえて　ください。
請依照中文的意思，把（　　　）內的日文重新排序，再把號碼填進方格內。

① 您父親幾歲？
（①お　②です　③お父さん　④か　⑤は　⑥いくつ）。
□ ▶ □ ▶ □ ▶ □ ▶ □ ▶ □

② ABC 是相機公司嗎？
（①会社　②です　③の　④カメラ　⑤ＡＢＣ　⑥は　⑦か）。
□ ▶ □ ▶ □ ▶ □ ▶ □ ▶ □ ▶ □

第5課 購物時刻一定會用到的日語

いくらですか。

5.1 看圖記單字　絵を見て覚えよう

聽聽看！再大聲唸出來

❶ 1円／一日圓
いちえん

❷ 5円／五日圓
ごえん

❸ 10円／十日圓
じゅうえん

❹ 50円／五十日圓
ごじゅうえん

❺ 100円／一百日圓
ひゃくえん

❻ 500円／五百日圓
ごひゃくえん

❼ 1000円／一千日圓
せんえん

❽ 2000円／二千日圓
にせんえん

❾ 5000円／五千日圓
ごせんえん

❿ 10000円／一萬日圓
いちまんえん

アメリカドル／美金

台湾ドル／台幣
たいわん

ユーロ／歐元

ウォン／韓幣

ルーブル／盧布（俄幣）

小知識　你知道人民幣的日語怎麼說嗎？答案是「人民幣」。
じんみんへい

靈活應用
応用編

5.2

颯太假日出遊時，看到路邊有人在賣蘋果便忍不住停下腳步。但一個蘋果多少錢呢？請參考下方對話，跟同伴練習。

（颯太）そちら❶は、日本の　りんごですか。

（店員）いいえ、違います。

（颯太）では、どこ❷の　りんごですか。

（店員）アメリカのです。

（颯太）いくら❸ですか。

（店員）200円です。3個で　500円です❹。

（颯太）これを　6個ください❺。

（店員）お会計は　あちらです❻。

それは、日本の　リンゴですか。

いくらですか。

200円です。

颯太：請問那邊的是日本蘋果嗎？
店員：不，不是的。
颯太：那麼，是哪裡的蘋果呢？
店員：美國的。
颯太：多少錢？
店員：200日圓。三顆算500日圓。
颯太：這種的請給我六顆。
店員：請到那一頭結帳。

文法重點提要

❶ こちら／そちら／あちら／どちら
❷ ここ／そこ／あそこ／どこ
❸ いくら／［數字］円
❹ ［數量］で［數量］
❺ を　ください
❻ ［名詞］は［場所指示詞］です／
　　［場所指示詞］は［名詞］です

詳細解說請見下頁

文法重點說明

❶ そちらは、日本の リンゴですか。（請問那邊的是日本蘋果嗎？）

「こちら／そちら／あちら／どちら」這一組是方向指示代名詞。「こちら」（這邊）指離說話者近的方向。「そちら」（那邊）指離聽話者近的方向。「あちら」（那邊）指離說話者和聽話者都遠的方向。「どちら」（哪邊）表示方向的不確定和疑問。這一組也可以用來指人，「こちら」就是「這位」，下面以此類推。也可以說成「こっち、そっち、あっち、どっち」，只是前面一組說法比較有禮貌。

➡ そちらは 2000円です。（那邊是 2000 日圓。）

➡ お手洗いは あちらです。（洗手間在那邊。）

❷ では、どこの リンゴですか。（那麼，是哪裡的蘋果呢？）

接續詞「では」（那麼），表示承認前面所說的事物，根據前面已確定的事實，進行詢問或判斷。「ここ／そこ／あそこ／どこ」這一組是場所指示代名詞。「ここ」（這裡）指離說話者近的場所。「そこ」（那裡）指離聽話者近的場所。「あそこ」（那裡）指離說話者和聽話者都遠的場所。「どこ」（哪裡）表示場所的疑問和不確定。用法跟「これ／それ／あれ／どれ」大致相同。

➡ ここは 銀行ですか。（這裡是銀行嗎？）

➡ 花子さんは どこですか。（花子小姐在哪裡呢？）

❸ いくらですか。（多少錢？）

「いくら」（多少）表示不明確的數量、程度、價格、工資、時間、距離等。是詢問價錢或數量時用的詞。日本貨幣「円」（日圓）。紙鈔有「一萬円、五千円、二千円、一千円」。硬幣有「一円、五円、十円、五十円、一百円、五百円」。

➡ この 本は いくらですか。（這本書多少錢？）

留學期間，盡量過著節儉的生活。所以買書有時候都是上二手書店買的。

這本書多少錢呢？就用「いくら」（多少錢）問囉！

➡ 日本の　カメラは　いくらですか。（日本的照相機多少錢呢？）

❹ 3個で　500円です。（三顆算 500 日圓。）

「[數量] で [數量]」表示數量、金額的總和。可譯作「共…」。

➡ それは　2つで　5万円です。（那個是兩個 5 萬日圓。）

➡ たまごは　6個で　300円です。（雞蛋六個 300 日圓。）

日本東西貴，有時候買稍微貴一點的，就好像賭命一樣。今天到超市，想買六個蛋，看看多少錢？

「で」前面是雞蛋的數量「6個」，後面是數量的總和，也就是六個總共是「300円」啦！

で

300円

❺ これを　6個ください。（這種的請給我六顆。）

「[名詞] を　ください」表示想要什麼的時候，跟某人要求某事物。可譯作「我要…」、「給我…」。想要的數量接在「を」跟「ください」中間。

➡ その　ジュースを　一杯ください。（我要一杯那種果汁。）

➡ フランスの　ワインを　ください。（請給我法國葡萄酒。）

❻ お会計は　あちらです。（請到那一頭結帳。）

「お会計」的「お」表示對對方的尊敬。「[名詞] は [場所指示詞] です／[場所指示詞] は [名詞] です」都是某場所或某人在某處的句型。例如：

➡ ここは公園です。（這裡是公園。）

➡ 花屋はあそこです。（花店在那裡。）

➡ 田中さんはそこです。（田中先生在那裡。）

數字、價錢

5.3 Ⓐ 聽聽看！再大聲唸出來

ひゃく

にひゃく

さんびゃく

よんひゃく

ごひゃく

ろっぴゃく

ななひゃく

はっぴゃく

きゅうひゃく

せん

にせん

さんぜん

よんせん

ごせん

ろくせん

ななせん

はっせん

きゅうせん

いちまん

Ⓑ 上面的數字後面加上「円」，就是「～日圓」囉，自己寫假名練習看看！

1,000 日圓

3,000 日圓

5.4 Ⓒ 聽聽MP3，下面這些東西是多少錢呢？把你聽到的打勾。

ピザ

| 1,000 円 | ☐ |
| 2,000 円 | ☐ |

カメラ

| 10,000円 | ☐ |
| 20,000円 | ☐ |

げた

| 2,400 円 | ☐ |
| 2,700 円 | ☐ |

··ビール··

| ☐ | 330 円 |
| ☐ | 350 円 |

··トマト··

| ☐ | 300 円 |
| ☐ | 600 円 |

携帯電話（けいたいでんわ）

| 3,000円 | ☐ |
| 4,000円 | ☐ |

コンピューター

| 90,000 円 | ☐ |
| 70,000 円 | ☐ |

··すいか··

| ☐ | 500 円 |
| ☐ | 900 円 |

答案詳見P146

5.5 **D** 以前頁右側的圖為話題，參考下面的對話，跟同伴練習。

Ⓐ すみません、この　ピザは　いくらですか。

Ⓑ <ruby>2,000<rt>に せん</rt></ruby> 円です。

Ⓐ じゃあ、それを　ください。それから、**ビール**も　ください。

Ⓑ はい、<ruby>３５０<rt>さんびゃく ごじゅう えん</rt></ruby> 円です。

Ａ：請問，這個披薩多少錢？
Ｂ：2000 日圓。
Ａ：那麼，給我那個。然後再給我啤酒。
Ｂ：好的，350 日圓。

單字補給站

ピザ／披薩

カメラ／照相機

げた／木屐

ビール／啤酒

トマト／蕃茄

<ruby>携帯電話<rt>けいたいでん わ</rt></ruby>／手機

コンピューター／電腦

すいか／西瓜

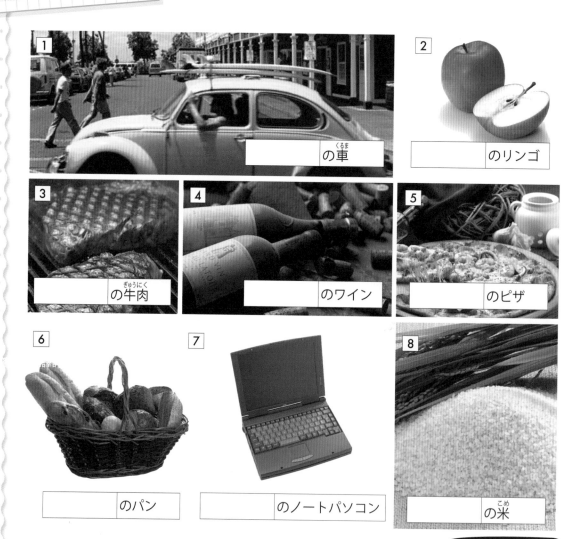

聴力練習

5.6 這些產品是哪個地方的呢？請聽MP3，把正確的國家填上去。

| 1 | | 2 | |

| ＿＿＿＿＿の車 | ＿＿＿＿＿のリンゴ |

| 3 | 4 | 5 |

| ＿＿＿＿＿の牛肉 | ＿＿＿＿＿のワイン | ＿＿＿＿＿のピザ |

| 6 | 7 | 8 |

| ＿＿＿＿＿のパン | ＿＿＿＿＿のノートパソコン | ＿＿＿＿＿の米 |

答案及翻譯詳見P.146

看上面的圖，參考下面的對話，跟同伴練習。

Ⓐ それは、**アメリカ**の 車ですか。

Ⓑ いいえ、違います。

Ⓐ じゃ、どこの 車ですか。

Ⓑ ドイツのです。

> それは、アメリカの車ですか。

A：那是美國的車嗎？
B：不，不是的。
A：那麼，是哪裡的車子呢？
B：德國的。

話してみよう

對話練習

5.7 這裡是哪裡呢？請參考圖1的對話，以圖2到4為話題完成對話。並聽聽MP3，看看自己是否答對了呢？

Ⓐ ここは　どこですか。

Ⓑ ここは　**公園（こうえん）**です。

Ⓐ **犬（いぬ）**は　どこですか。

Ⓑ **あちら**です。

1
► 公園（こうえん）／公園
► 犬（いぬ）／狗
► あちら／那裡

A：這裡是哪裡呢？
B：這裡是公園。
A：狗在哪裡呢？
B：在那裡。

2

► 駅（えき）／車站
► 入（い）り口（ぐち）／入口
► そちら／那裡

3
► デパート／百貨公司
► トイレ／廁所
► こちら／這裡

► 教室（きょうしつ）／教室
► 田中（たなか）さん／田中同學
► あちら／那裡

4

答案及翻譯詳見P147

造句練習

書いてみよう

請將藍色框裡的日文重組成完整的句子。

1. 這是哪裡的苦瓜呢？

A：これは _____

_____ 。

か 九州^{きゅうしゅう} です ニガウリ の ↑

B：いいえ、_____ 。

の です 沖縄^{おきなわ} ↑

A：_____ 。

か いくら です ↑

B：_____ です。

円^{えん} 100^{ひゃく} ↑

これは九州^{きゅうしゅう}のニガウリですか。

2. 這些花要多少錢呢？

A：すみません、_____

_____ ですか。

花^{はな} は いくら この ↑

B：２５０円^{にひゃくごじゅう えん}です。

A：_____

_____ ですか。

の どこ 花^{はな} は これ ↑

B：_____ 。

です オランダ の ↑

A：_____ 。

を これ ください ↑

答案及翻譯詳見P147

読んでみよう

讀解練習

請閱讀以下短文，試著回答下列問題。

閲讀

　　この　豆腐は　1丁　100円です。あちらの　スーパーは、1丁　80円でした。こちらは　20円高いです。でも、ここは　豆腐専門店です。おいしいです。今日の　晩ご飯は　これです。明日は　スーパーの　特売の　日です。だから　明日の　晩ご飯は　スーパーの　豆腐です。

❶ この　豆腐は　いくらですか。

　　❶ 100円です。

　　❷ 80円です。

　　❸ 20円です。

　　❹ 120円です。

❷ この　豆腐は　（　　）です。

　　❶ スーパーの

　　❷ 専門店の

　　❸ 特売

　　❹ 明日の　晩ご飯

　　這種豆腐一塊 100 日圓，那家超市則是一塊 80 日圓，這裡貴了 20 日圓。但這裡是豆腐專賣店，比較好吃，今天的晚餐吃這個。明天是超市的特賣日，所以明天的晚餐吃超市的豆腐。

❶ 這種豆腐要多少錢呢？
　　❶ 要 100 日圓。　❷ 要 80 日圓。　❸ 要 20 日圓。　❹ 要 120 日圓。

❷ 這塊豆腐是（　　）。
　　❶ 超市的　❷ 專賣店的　❸ 特賣　❹ 明天的晚餐

答案：❶ 1　❷ 2

✿ 量詞

□ ～階
_{かい}
（〈樓房的〉～樓，層）

□ ～回
_{かい}
（～回，次數）

□ ～歳
_{さい}
（～歲）

□ ～個
_こ
（～個）

□ ～杯
_{はい}
（～杯）

□ ～冊
_{さつ}
（～本，～冊）

□ ～台
_{だい}
（～台，～輛，～架）

□ ～人
_{にん}
（～人）

□ ～番
_{ばん}
（〈表示順序〉第～，～號）

□ ～匹
_{ひき}
（〈鳥，蟲，魚，獸〉～匹，～頭，～條，～隻）

□ ページ【page】
（～頁）

□ ～本
_{ほん}
（〈計算細長的物品〉～支，～棵，～瓶，～條）

□ ～枚
_{まい}
（〈計算平薄的東西〉～張，～片，～幅，～扇）

✽ 接頭、接尾詞及其他

□ 御~／御~
（放在字首，表示尊敬語及美化語）

□ ~時
（~點，~時）

□ ~半
（~半，一半）

□ ~分
（〈時間〉~分；〈角度〉分）

□ ~日
（號，日，天〈計算日數〉）

□ ~中
（整個，全）

□ ~中
（~期間，正在~當）

□ ~月
（~月）

□ ~ヶ月
（~個月）

□ ~年
（年〈也用於計算年數〉）

□ ~頃／~頃
（〈表示時間〉左右，時候，時期；正好的時候）

□ ~過ぎ
（超過~，過了~，過渡）

□ ~側
（~邊，~側；~方面，立場；周圍，旁邊）

MEMO

模擬考題

文字、語彙問題

もんだい1 _____の ことばは ひらがな、カタカナや かんじで どう かきますか。
1・2・3・4から いちばん いいものを ひとつ えらんで ください。

_____ ① あねは 二十歳です。
    1 はちた   2 はつか   3 はたち   4 はつさい

_____ ② ネクタイは 三本です。
    1 さんぼん   2 ざんぽん   3 さっぽん   4 さんぽん

_____ ③ やすみは 三回です。
    1 さんじかん   2 さんばん   3 さんかい   4 さんさつ

_____ ④ いぬは 4匹です。
    1 よんまい   2 よんほん   3 よんひき   4 よんだい

_____ ⑤ ほんは 5冊です。
    1 ごひき   2 ごまい   3 ごほん   4 ごさつ

_____ ⑥ 6ぺいじからです。
    1 ろくペーゾ   2 ろくペーヅ   3 ろくページ   4 ろくペーミ

もんだい2 _____の ぶんと だいたい おなじ いみの ぶんが あります。
1・2・3・4から いちばん いいものを ひとつ えらんで ください。

_____ ① りんご ふたつと みかん みっつです。
    1 くだものが ぜんぶで よっつです。   2 くだものが ぜんぶで いつつです。
    3 くだものが ぜんぶで むっつです。   4 くだものが ぜんぶで ななつです。

_____ ② ここは やさいの みせです。
    1 ここは きっさてんです。   2 ここは ぎんこうです。
    3 ここは やおやです。   4 ここは ゆうびんきょくです。

文法問題

もんだい1 （　　　）に　なにを　いれますか。1・2・3・4から　いちばん　いいものを　ひとつ　えらんで　ください。

_____ ① りんごは　いつつ（　　　）　300円です。
　　　 1　と　　　　　　2　の　　　　　　3　か　　　　　　4　で

_____ ② これは　台湾（　　　）　バナナですか。
　　　 1　と　　　　　　2　の　　　　　　3　か　　　　　　4　も

_____ ③ A「それは　（　　　）　の　紅茶ですか。」
　　　 B「イギリスの　紅茶です。」
　　　 1　どこ　　　　　2　何　　　　　　3　どれ　　　　　4　どなた

_____ ④ コーヒーを　1（　　　）　ください。
　　　 1　はい　　　　　2　ばい　　　　　3　ぱい　　　　　4　ぼい

_____ ⑤ A「その　かばんは（　　　）　ですか。」
　　　 B「5,500円です。」
　　　 1　どちら　　　　2　何　　　　　　3　いくら　　　　4　どこ

_____ ⑥ 受付は　（　　　）ですか。
　　　 1　どの　　　　　2　どちら　　　　3　いくつ　　　　4　何

もんだい2　したの　ちゅうごくごは　にほんごで　どう　いいますか。（　　　）のなかの　ことばを　□の　なかに　ただしく　ならべかえて　ください。
請依照中文的意思，把(　)內的日文重新排序，再把號碼填進方格內。

① 這是哪國產的照相機呢？
（① どこ　② これ　③ です　④ の　⑤ か　⑥ は　⑦ カメラ）。
□ ▶ □ ▶ □ ▶ □ ▶ □ ▶ □ ▶ □

② 雜誌三本 1,500 元。
（① 冊　② 3　③ で　④ です　⑤ 1,500円　⑥ は　⑦ 雑誌）。
□ ▶ □ ▶ □ ▶ □ ▶ □ ▶ □ ▶ □

第6課 度過七彩繽紛的一天

すみませんが、そちらは何時から何時までですか。

看圖記單字 絵を見て覚えよう

聽聽看！再大聲唸出來

❶ いち じ 1時／一點
❷ に じ 2時／兩點
❸ さん じ 3時／三點
❹ よ じ 4時／四點
❺ ご じ 5時／五點
❻ ろく じ 6時／六點
❼ しち じ 7時／七點
❽ はち じ 8時／八點
❾ く じ 9時／九點
❿ じゅう じ 10時／十點
⓫ じゅういち じ 11時／十一點
⓬ じゅうに じ 12時／十二點
⓭ なん じ 何時／幾點

⓮ いっぷん 1分／一分
⓯ に ふん 2分／兩分
⓰ さんぷん 3分／三分
⓱ よんぷん 4分／四分
⓲ ご ふん 5分／五分
⓳ ろっぷん 6分／六分
⓴ ななふん・しちふん 7分・7分／七分
㉑ はっぷん 8分／八分
㉒ きゅうふん 9分／九分
㉓ じゅっ ぷん・じっ ぷん 10分・10分／十分
㉔ なんぷん 何分／幾分

㉕ にちよう び 日曜日／星期日
㉖ げつよう び 月曜日／星期一
㉗ か よう び 火曜日／星期二
㉘ すいよう び 水曜日／星期三
㉙ もくよう び 木曜日／星期四
㉚ きんよう び 金曜日／星期五
㉛ ど よう び 土曜日／星期六
㉜ なんよう び 何曜日／星期幾

聞き取り練習

聽力練習

A 來熟悉一星期的日語說法吧！聽聽MP3，把這些單字依序填到下面的方格中。

もくよう び 木曜日	すいよう び 水曜日	げつよう び 月曜日	か よう び 火曜日	きんよう び 金曜日

日	一	二	三	四	五	六
にちよう び 日曜日						ど よう び 土曜日

答案詳見P148

靈活應用
応用編

🎧 6.3

想要去圖書館，卻又不知道開放時間，這該怎麼辦？聽聽看高橋先生怎麼向館員詢問，您也試著舉一反三，跟同伴練習說說看吧！

（館員）はい、上野図書館です。

（高橋）もしもし、すみませんが❶、そちらは　何時から　何時までですか。

（館員）9時から　7時まで❷です。本の　貸し出しは　7時　10分前までです❸。

（高橋）昨日　そちらに　行きました❹。家を　6時過ぎに　出ました❺。6時半ごろ❻　着きました。でも……

（館員）ああ、月曜日は　休みです。

（高橋）そうでしたか。今、5時　45分ですね。では、今から　また　行きます。本を　借ります❼。

館員：上野圖書館，您好。

高橋：喂？不好意思，請問貴館從幾點開到幾點？

館員：9點開館到7點閉館。圖書借閱於閉館前10分鐘停止受理。

高橋：我昨天去了貴館。我是6點多出發的，大約6點半左右抵達，可是……

館員：喔，星期一休館不開放。

高橋：原來如此。現在是5點45分吧？那麼，我現在再去一趟，我要借書。

文法重點提要

❶ ［文章］が、［文章］（前置詞）

❷ ［時間］から［時間］まで

❸ ［數字］時［數字］分です；

　　［數字］すぎ／まえ

❹ ［動詞］ます／ません／ました／ませんでした

❺ ［離開點］を；

　　［時間］に［動詞］／［星期幾］（に）［動詞］／

　　［昨日…］［動詞］

❻ ［數字］ごろ

❼ ［目的語］を

詳細解說請見下頁

文法重點說明

❶ もしもし、すみませんが…（喂？不好意思…）

「[文章] が、[文章]」中的「が」是前置詞，用在詢問、請求或命令對方之前，的一種的開場白。

➡ 失礼ですが、鈴木さんでしょうか。（不好意思，請問是鈴木先生嗎？）

➡ すみませんが、少し 静かに して ください。（不好意思，請稍微安靜一點。）

❷ 9時から 7時までです。（9點開館到7點閉館。）

「[時間] から [時間] まで」。表示時間的起點和終點，也就是時間的範圍。「から」前面是開始的時間，「まで」前面是結束的時間。可譯作「從…到…」。

➡ 父は 9時から 6時まで 働きます。（父親從9點工作到6點。）
➡ 夏休みは 7月から 9月までです。（暑假是從7月開始到9月為止。）

❸ 本の 貸し出しは 7時 10分 前までです。（圖書借閱於閉館前10分鐘停止受理。）

「[數字] 時 [數字] 分」表示幾點幾分。例如：

➡ 午前の 10時です。（上午10點。）
➡ 日曜日の 3時 15分です。（星期日的3點15分。）

「[數字] すぎ／まえ」中的接尾詞「すぎ」，接在時間名詞後面，表示比那時間稍後。可譯作「過…」、「…多」。接尾詞「まえ」，接在表示時間名詞後面，表示比那時間稍前。可譯作「差…」、「…前」。

➡ 今 9時 5分過ぎです。（現在是9點過5分。）
➡ 今 8時 2分前です。（現在還有2分鐘就8點了。）

❹ 昨日（きのう）　そちらに　行（い）きました。（我昨天去了貴館。）

表示人或事物的存在、動作、行為和作用的詞叫動詞。日語動詞可以分為三大類，有：

分類		ます形	辭書形	中文
一段動詞	上一段動詞	おきます すぎます おちます います	おきる すぎる おちる いる	起來 超過 掉下 在
	下一段動詞	たべます うけます おしえます ねます	たべる うける おしえる ねる	吃 受到 教授 睡覺
五段動詞		かいます かきます はなします およぎます よみます あそびます まちます	かう かく はなす およぐ よむ あそぶ まつ	購買 書寫 說 游泳 閱讀 玩耍 等待
不規則動詞	サ變動詞	します	する	做
	カ變動詞	きます	くる	來

動詞「基本形／否定形／過去形／過去否定形」的活用如下：

	基本形	否定形
現在／未來	ます	ません
過去	ました	ませんでした

➡ 学生（がくせい）は　机（つくえ）を　並（なら）べます。（學生排桌子。）

➡ 今日（きょう）は　お風呂（ふろ）に　入（はい）りません。（今天不洗澡。）

➡ 昨日（きのう）　図書館（としょかん）へ　行（い）きました。（昨天去了圖書館。）

➡ 昨日（きのう）、働（はたら）きませんでした。（昨天沒去工作。）

⑤ 家を　6時過ぎに　出ました。（我是6點多出發的。）

「[離開點] を」中，表示動作離開的場所用也用助詞「を」。例如，從家裡出來或從車、船、馬及飛機等交通工具下來。

➡ 7時に　家を　出ます。（7點出門。）

➡ バスを　降ります。（下公車。）

「[時間] に [動詞]」是幾點／星期幾／幾月幾號做什麼事的用法。表示動作、作用的時間就用助詞「に」。可譯作「在…」。動詞「出ました」是「出ます」（出來）的過去式。

➡ 私は　毎晩　12時に　寝ます。（我每天都在12點睡覺。）

➡ 母は　日曜日(に)　掃除しました。（媽媽在星期日打掃了。）

⑥ 6時半ごろ　着きました。（大約6點半左右抵達。）

「[數字] ごろ」中的接尾詞「ごろ」表示大概的時間點。一般只接在年月日，和鐘點的詞後面。可譯作「左右」、「大約」。

➡ 8時ごろ　出ます。（8點左右出去。）

➡ 私は　10月ごろ　帰ります。（大約10月左右回去。）

但是，表示時間的量，就不能用「ごろ」，要用「ぐらい／くらい」。例如：

➡ 今日　8時間ごろ　働きました。→Ｘ（今天大約工作了8小時。）

➡ 今日　8時間ごろ　働きました。→○（今天大約工作了8小時。）

⑦ 本を　借ります。（我要借書。）

「[目的語] を」的助詞「を」用在他動詞（人為而施加變化的動詞）的前面，表示動作的目的或對象。「を」前面的名詞，是動作所涉及的某一對象。

➡ 私は　顔を　洗いません。（我沒洗臉。）

➡ 今朝は　パンを　食べませんでした。（今天早上沒有吃麵包。）

6.4 **B** 參考下面的對話，跟同伴做練習。

(A) 今日は 何曜日ですか。

(B) 木曜日です。

(A) では、あしたは 金曜日ですね。

(B) はい、そうです。

A：今天是星期幾？
B：星期四。
A：那麼，明天是星期五囉！
B：是的。

6.5 **C** 聽聽MP3，把聽到的時間寫在空格上。

1. 今は 2時です。	5. 今は ＿＿＿＿＿です。
2. 今は 2時30分です。	6. 今は ＿＿＿＿＿です。
3. 今は 2時 45分です。	7. 今は ＿＿＿＿＿です。
4. 今は 3時 15分です。	8. 今は ＿＿＿＿＿です。

答案及翻譯詳見P148

6.6 **D** 以「時間」為話題，參考下面的對話，跟同伴一起練習。

(A) すみません。今 何時ですか。

(B) 2時です。

(A) ありがとう ございます。

A：請問，現在幾點？
B：2點。
A：謝謝您。

充實的一天

充実した一日

6.7 中山小姐一天的生活可是充實又忙碌的，請聽MP3，完成下面的空格。

① 中山さんは 毎朝＿＿＿に 起きます。

② ＿＿＿に 朝ご飯を 食べます。

③ ＿＿＿に 家を 出ます。

④ 会社は ＿＿＿から ＿＿＿までです。

⑤ ＿＿＿過ぎに 昼ご飯を 食べます。

⑥ ＿＿＿から 運動します。

⑦ お風呂は ＿＿＿頃に 入ります。

⑧ ＿＿＿から ＿＿＿まで テレビを 見ます。

⑨ 夜、＿＿＿頃に 寝ます。

⑩ おとといは、＿＿＿に 寝ました。

⑪ ゆうべは＿＿＿＿＿＿＿＿＿＿＿＿＿。

答案及翻譯詳見P148

❗ 試著跟同伴說自己一天的生活，然後換對方說。

＿＿に朝ご飯を食べます。

＿＿に家を出ます。

お風呂は＿＿頃に入ります。

時は金なり。

時間就是金錢。

對話練習

時間是生活中很重要的一部份喔！掌握好時間，無論是對今日行程，或是未來人生計劃，都很有幫助呢！現在，就讓我們來看看，如何將日語中「時間」相關的說法運用在生活中吧！

6.8 渡邊先生凡事講求事前的準備，去哪裡總是要先打個電話確認。先看一下關鍵字，再仔細聽聽對話應用。

> 館員 はい、上野図書館です。
>
> 渡邊 すみませんが、そちらは 何時から 何時までですか。
>
> 館員 9時から 4時までです。
>
> 渡邊 日曜日は 何時までですか。
>
> 館員 5時です。
>
> 渡邊 休みは 何曜日ですか。
>
> 館員 月曜日です。
>
> 渡邊 どうも。

對話 Keyword
うえ の と しょかん
上野図書館
く じ よ じ
9時から4時まで
にちよう び
日曜日
ご じ
5時
げつよう び
月曜日

館員：您好，這裡是上野圖書館。

渡邊：請問，你們是幾點開到幾點？

館員：9點到4點。

渡邊：星期日到幾點？

館員：5點。

渡邊：星期幾休息？

館員：星期一。

渡邊：謝謝！

そちらは何時から何時までですか。

6

度過七彩繽紛的一天

換您打電話詢問任何想去的地方！請參考對話關鍵字，跟朋友完成對話，並把對話也記錄在下方的筆記欄吧！

❶ 對話 Keyword

花_{はなび}美_{よう}容院_{いん}
10時_{じゅう じ}から 8時_{はち じ}まで
土曜日_{ど よう び}
8時_{はち じ}
水曜日_{すいよう び}

N̄ote

N̄ote

❷ 對話 Keyword

一郎_{いちろう}レストラン
11時_{じゅういち じ}から 12時_{じゅうに じ}まで
金曜日_{きんよう び}
10時_{じゅう じ}
木曜日_{もくよう び}

參考答案及翻譯詳見P148

讀解練習

読んでみよう

請閱讀以下短文，試著回答下列問題。

閱讀

今日は　土曜日です。だから、お昼過ぎまで　寝ました。午後
1時に　朝ごはんを　食べました。夜は　デートです。今から　5
時まで　準備します。6時前に　家を　出ます。待ち合わせは　7
時です。明日は　日曜日です。だから、今夜は　帰りません。

❶ 今日は　どの　ご飯を　食べましたか。

　❶ 朝ご飯

　❷ 昼ご飯

　❸ 朝ご飯と　昼ご飯

　❹ 朝ご飯と　昼ご飯と　夕ご飯

❷ デートは　何時からですか。

　❶ 今から

　❷ 5時から

　❸ 6時から

　❹ 7時から

今天是星期六，所以我睡到日上三竿，下午1點才吃了早飯。晚上要約會，從現在開始打扮到5點，6點前要出發，約定7點碰面。明天是星期天，所以今天晚上不回家。

❶ 今天吃了哪幾餐呢？

　❶ 早餐　　❷ 中餐　　❸ 早餐跟中餐　　❹ 早餐跟中餐跟晚餐

❷ 幾點開始約會呢？

　❶ 現在開始　　❷ 5點開始　　❸ 6點開始　　❹ 7點開始

答案：❶ 2 ・❷ 4

❀ 星期

□ 日曜日
（星期日）

□ 月曜日
（星期一）

□ 火曜日
（星期二）

□ 水曜日
（星期三）

□ 木曜日
（星期四）

□ 金曜日
（星期五）

□ 土曜日
（星期六）

□ 先週
（上個星期，上週）

□ 今週
（本週）

□ 来週
（下星期）

□ 毎週
（每個星期）

□ ～週間
（～週，～星期）

□ 誕生日
（生日）

❀ 歲數

□ 1つ
（〈數〉一；一個；一歲）

□ 2つ
（〈數〉二；兩個；兩歲）

□ 3つ
（〈數〉三；三個；三歲）

□ 4つ
（〈數〉四個；四歲）

□ 5つ
（〈數〉五個；五歲）

□ 6つ
（〈數〉六；六個；六歲）

□ 7つ
（〈數〉七個；七歲）

□ 8つ
（〈數〉八；八個；八歲）

□ 9つ
（〈數〉九個；九歲）

□ 10
（〈數〉十；十個；十歲）

□ 幾つ
（〈不確定的個數，年齡〉幾個，多少；幾歲）

□ 20歳
（二十歲）

❀ 生活

□ 飛ぶ
（飛行，飛翔）

□ 歩く
（走路，步行）

□ 入れる
（放入，裝進）

□ 出す
（拿出；寄）

□ 行く／行く
（去；走）

□ 来る
（來，到來）

□ 売る
（賣，販賣；出賣）

□ 買う
（購買）

□ 押す
（推；按）

□ 引く
（拉；翻查）

□ 降りる
（下來，降落）

□ 乗る
（騎乘，坐）

□ 貸す
（借出，借給；出租；提供〈智慧與力量〉）

□ 借りる
（借〈進來〉；借）

□ 座る
（坐，跪座）

□ 立つ
（站立；冒，升）

□ 起きる
（起來，立起來；起床）

□ 死ぬ
（死亡）

□ 分かる
（知道，明白）

□ 食べる
（吃，喝）

□ 寝る
（睡覺，就寢）

□ 覚える
（記住，記得）

□ 困る
（感到傷腦筋，困擾）

□ 飲む
（喝，吞，吃〈藥〉）

□ 脱ぐ
（脫去，脫掉）

□ 忘れる
（忘記，忘掉）

□ 聞く
（聽；聽說）

□ 出掛ける
（出去，出門）

□ 着る
（穿〈衣服〉）

□ 教える
（指導，教導）

□ 話す
（說，講）

□ 帰る
（回來，回去）

□ 休む
（休息，歇息）

□ 習う
（學習，練習）

□ 出る
（出來，出去）

□ 働く
（工作，勞動）

□ 読む
（閱讀，看）

□ 入る
（進入，裝入）

□ 生まれる
（出生；出現）

□ 書く
（寫，書寫）

✽時間

□ 一昨日
（前天）

□ 毎日
（每天）

□ 午後
（下午，午後）

□ 毎晩
（每天晚上）

□ 昨日
（昨天；近來）

□ 朝
（早上，早晨）

□ 夕方
（傍晚）

□ 後
（〈時間〉以後；〈地點〉後面）

□ 今日
（今天）

□ 今朝
（今天早上）

□ 晩
（晚，晚上）

□ 初め（に）
（開始，起頭）

□ 今
（現在，此刻）

□ 毎朝
（每天早上）

□ 夜
（晚上，夜裡）

□ 時間
（時間；鐘點）

□ 明日
（明天）

□ 昼
（中午；白天）

□ ゆうべ
（昨天晚上）

□ 何時
（什麼時候）

□ 明後日
（後天）

□ 午前
（上午，午前）

□ 今晩
（今天晚上）

模擬考題

文字、語彙問題 ✿

もんだい1 ＿＿＿の ことばは ひらがな、カタカナや かんじで どう かきますか。
1・2・3・4から いちばん いいものを ひとつ えらんで ください。

＿＿＿ ❶ この しごとは、<u>木曜日</u>の あさまで ですよ。
　　　　1 かようび　　　　2 すいようび　　　　3 もくようび　　　　4 きんようび

＿＿＿ ❷ <u>今週</u>の にちようびに かえります。
　　　　1 こんじゅう　　　2 こんしゅう　　　　3 こんしゅ　　　　4 こんしゆう

＿＿＿ ❸ <u>言葉</u>を おぼえます。
　　　　1 ことば　　　　　2 ごとぱ　　　　　　3 こどは　　　　　4 ことは

＿＿＿ ❹ けさ、<u>一時間</u> はしりました。
　　　　1 しけん　　　　　2 しげん　　　　　　3 じかん　　　　　4 じっかん

＿＿＿ ❺ にちようびは あさから <u>夕方</u>まで はたらきました。
　　　　1 ゆうかた　　　　2 ゆがた　　　　　　3 ゆうがた　　　　4 ゆっかだ

もんだい2 ＿＿＿＿の ぶんと だいたい おなじ いみの ぶんが あります。
1・2・3・4から いちばん いいものを ひとつ えらんで ください。

＿＿＿ ❶ <u>おととい</u> ともだちの いえに いきました。
　　　　1 ふつかまえに ともだちの いえに いきました。
　　　　2 みっかまえに ともだちの いえに いきました。
　　　　3 いっかげつまえに ともだちの いえに いきました。
　　　　4 にねんまえに ともだちの いえに いきました。

＿＿＿ ❷ <u>ゆうべ</u> えいがを みました。
　　　　1 きのうの あさ えいがを みました。
　　　　2 おとといの ばん えいがを みました。
　　　　3 きょうの ゆうがた えいがを みました。
　　　　4 きのうの ばん えいがを みました。

もんだい1 （　　　）に　なにを　いれますか。1・2・3・4から　いちばん　いいものを
ひとつ　えらんで　ください。

_____ ① でんしゃ（　　　）　おります。

1　を　　　　　　　2　が　　　　　　　3　の　　　　　　　4　は

_____ ② あした　10じ（　　　）　会いましょう。

1　へ　　　　　　　2　を　　　　　　　3　に　　　　　　　4　ふん

_____ ③ わたしは　まいあさ　コーヒー（　　　）　のみます。

1　に　　　　　　　2　へ　　　　　　　3　と　　　　　　　4　を

_____ ④ ぎんこうは　9じから　3じ（　　　）　です。

1　に　　　　　　　2　まで　　　　　　3　で　　　　　　　4　が

_____ ⑤ わたしは　2じかん（　　　）　ぎんこうを　でました。

1　まえ　　　　　　2　あと　　　　　　3　で　　　　　　　4　を

_____ ⑥ あのう、すみません（　　　）、　洋服売り場は　何階ですか。

1　は　　　　　　　2　で　　　　　　　3　が　　　　　　　4　を

もんだい2　したの　ちゅうごくごは　にほんごで　どう　いいますか。（　　　）のなかの
ことばを　□の　なかに　ただしく　ならべかえて　ください。

請依照中文的意思，把( )內的日文重新排序，再把號碼填進方格內。

① 上班從9點到5點。

（① から　② 5時　③ 9時　④ まで　⑤ 会社　⑥ は　⑦ です）。

□ ▶ □ ▶ □ ▶ □ ▶ □ ▶ □ ▶ □

② 今天早上6點左右起床。

（① 6時　② ごろ　③ 起きました　④ は　⑤ 今朝　⑥ に）。

□ ▶ □ ▶ □ ▶ □ ▶ □ ▶ □

第 **7** 課

又到了一年中最喜歡的季節了！

節分はいつですか。

看圖記單字 　絵を見て覚えよう

聽聽看！再大聲唸出來

❶ 晴れ／晴天

❷ 曇り／陰天

❸ 雨／雨

❹ 風／風

❺ 雪／雪

❻ 虹／彩虹

❼ 暑い／炎熱

❽ 暖かい／暖和

❾ 涼しい／涼快

❿ 寒い／寒冷

⓫ 太陽／太陽

⓬ 月／月亮

⓭ 星／星星

靈活應用
応用編

各個季節在日本都有許多特別的節日或祭典，譬如，「節分」原本指每個季節開始的前一天，現在特別是指立春的前一日。由於民間傳統認為換季時會產生邪氣，所以日本各地在「節分」這天，會有撒豆以驅除疾病、災害的活動。現在，就讓我們用日語聊聊日本的節日吧！

7.2 天氣越來越冷，再過不久就是節分了，來自台灣的小津正在和後藤老師聊天。如何用日文聊天氣和節慶呢？參考下方對話，跟同伴練習一下吧！

後藤　もうすぐ　節分ですね。

小津　節分は　いつ❶ですか。

後藤　2月3日です。

小津　後藤先生の　家では❷　豆まきを　しますか。

後藤　家では　しません。でも、子供は　幼稚園で　するでしょう❸。

小津　幼稚園は　どこも❹　豆まきを　しますか。

後藤　だいたい　します。

小津　今日は　寒いです❺ね。2月中❻　ずっと　寒いですか。

後藤　はい。雪も　山の　上から　町の　中まで❼
　　　よく　降ります。

小津　3月は　どうですか❽。3月でも　雪が❾
　　　降りますか。

後藤　前半は　降りますが、後半は　降りません❿。

文法重點提要

❶ いつ

❷ では／からも／でも（にも）

❸ [普通形]でしょう

❹ どこも

❺ [形容詞]です

❻ 中（じゅう）／（ちゅう）

❼ [場所]から[場所]まで

❽ [名詞]はどうですか

❾ [名詞]が（主語）

❿ [名詞]は[動詞]が、[名詞]は[動詞]

詳細解說請見下頁

後藤：再過不久就是「節分」（立春的前一天）囉。

小津：「節分」是什麼時候呢？

後藤：2月3日。

小津：後藤老師家會撒豆子嗎？

後藤：家裡不會。不過，幼稚園會安排小孩子撒吧。

小津：每一家幼稚園都會撒豆子嗎？

後藤：多數都會。

小津：今天真冷呀。2月份都會這麼冷嗎？

後藤：對。而且從山上到整個城鎮，甚至會經常下雪。

小津：3月份如何呢？3月同樣會下雪嗎？

後藤：中旬之前會下，中旬以後不會下。

文法重點說明

❶ 節分は　いつですか。（後藤老師家會撒豆子嗎？）

「いつ」表示不肯定的時間或疑問。可譯作「何時」、「幾時」。

➡ 誕生日は　いつですか。（生日是什麼時候呢？）

➡ いつ　ご飯を　食べましたか。（什麼時候吃過飯呢？）

❷ 後藤先生の　家では　豆まきを　しますか。（後藤老師家會撒豆子嗎？）

格助詞「で、に、から…」後接「は」或「も」變成「では／からも／でも（にも）」，有強調格助詞前面的名詞的作用。「先生」是對老師、醫生、藝術家、律師…等的尊稱。

➡ 私からも　話します。（我也會去說的。）

➡ 10時には　行きます。（會在十點去的。）

❸ 子供は　幼稚園で　するでしょう。（幼稚園會安排小孩子撒吧。）

「[普通形]でしょう」。伴隨降調，表示說話者的推測，說話者不是很確定，不像「です」那麼肯定。常跟「たぶん」一起使用。可譯作「也許…」、「可能…」、「大概…吧」。形容詞普通形請參考第10章。

➡ 明日は　忙しいでしょう。（明天很忙吧！）

➡ 彼は　たぶん　来るでしょう。（他應該會來吧。）

❹ 幼稚園は　どこも　豆まきを　しますか。（每一家幼稚園都會撒豆子嗎？）

「どこも」。「も」上接疑問詞「どこ」表示任何地方都進行某動作、都有某種狀態的意思。

➡ お正月は　どこも　にぎやかです。（過年到處都很熱鬧。）

另外，「も」上接疑問詞，下接否定語，表示全面的否定。可譯作「也（不）…」、「都（不）…」。

➡ どこも　行きません。（哪裡都不想去。）

❺ 今日は　寒いですね。（今天真冷啊！）

「寒い」是形容詞，形容詞是說明客觀事物的性質、狀態或主觀感情、感覺的詞。在第10章有詳細的說明。

➡ この　料理は　辛いです。（這道菜很辣。）

➡ 先生は　親切です。（老師人很親切。）

❻ **2月中　ずっと　寒いですか。**（2月份都會這麼冷嗎？）

「中（じゅう／ちゅう）」日語中有自己不能單獨使用，只能跟別的詞接在一起的詞，接在詞前的叫接頭語，接在詞尾的叫接尾語。「中（じゅう／ちゅう）」是接尾詞。唸「じゅう」時表示整個時間上的期間一直怎樣，或整個空間上的範圍之內。唸「ちゅう」時表示正在做什麼，或那個期間裡之意。

➡ 父は　1日中　働きました。（父親一整天都在工作。）
➡ 仕事は　今月中に　終わります。（工作將在這個月內結束。）

❼ **雪も　山の　上から　町の　中まで　よく　降ります。**

（而且從山上到整個城鎮，甚至會經常下雪。）

「[場所] から [場所] まで」。表明空間的起點和終點，也就是距離的範圍。「から」前面的名詞是起點，「まで」前面的名詞是終點。可譯作「從…到…」。

➡ 病院から　家まで　1時間です。（從醫院到家裡要一個小時。）
➡ 駅から　郵便局まで　歩きました。（從車站走到郵局。）

❽ **3月は　どうですか。**（3月份如何呢？）

「[名詞] はどうですか」。「どう」詢問對方的想法及對方的健康狀況，還有不知道情況是如何或該怎麼做等。可譯作「如何」、「怎麼樣」。

➡ テストは　どうですか。（考試考得怎樣？）

❾ **3月でも　雪が　降りますか。**（3月同樣會下雪嗎？）

「[名詞] が（主語）。」這裡的「が」是描寫句的主語。表示前接的詞是主語，後面是描寫眼睛看得到的、耳朵聽得到的事情。

➡ 風が　吹きます。（風在吹。）
➡ 猫が　鳴きます。（貓在叫。）

❿ **前半は　降りますが、後半は　降りません。**（中旬之前會下，中旬以後不會下。）

「[名詞] は [動詞] が、[名詞] は [動詞]」。「は」在這裡是用來區別、比較兩個對立的事物。而「が」是逆接的助詞，可譯作「但是…」。

➡ 弟は　遊びますが、妹は　遊びません。（弟弟要玩，但是妹妹不玩。）

聽力練習ア

Ⓐ 看看下面的照片，學會四季氣候的形容方法吧！

❶春／暖かい
（春天／暖和）

❷夏／暑い
（夏天／炎熱）

❸秋／涼しい
（秋天／涼爽）

❹冬／寒い
（冬天／寒冷）

7.3　Ⓑ 根據上方對四季的形容，並參考以下對話，跟你的朋友練習聊聊春夏秋冬的氣候。

1

Ⓐ 東京の　春は　どうですか。

Ⓑ 暖かいです。

東京の ＿＿＿ は　どうですか。

A：東京的春天（天氣）如何？

B：很暖和。

＿＿＿です。

其他參考對話詳見P149

7.4　**C** 關於天氣的單字都記住了嗎？請根據以下四組關鍵字，並參考氣預報，練習看看！

1	2	3	4

<ruby>暖<rt>あたた</rt></ruby>かい（暖和）　<ruby>涼<rt>すず</rt></ruby>しい（涼爽）　<ruby>寒<rt>さむ</rt></ruby>い（寒冷）　<ruby>暑<rt>あつ</rt></ruby>い（炎熱）

<ruby>晴<rt>は</rt></ruby>れ／<ruby>雨<rt>あめ</rt></ruby>（晴天／雨）　<ruby>曇<rt>くも</rt></ruby>り／<ruby>風<rt>かぜ</rt></ruby>（陰天／風）　<ruby>雪<rt>ゆき</rt></ruby>／<ruby>晴<rt>は</rt></ruby>れ（雪／晴天）　<ruby>雨<rt>あめ</rt></ruby>／<ruby>星空<rt>ほしぞら</rt></ruby>（雨／滿天星斗）

<ruby>天気予報<rt>てんきよほう</rt></ruby>／天氣預報

予報士　<ruby>明日<rt>あした</rt></ruby>の　<ruby>天気<rt>てんき</rt></ruby>です。<ruby>明日<rt>あした</rt></ruby>は　<ruby>1日中<rt>いちにちじゅう</rt></ruby>　<ruby>暖<rt>あたた</rt></ruby>かいでしょう。<ruby>午前<rt>ごぜん</rt></ruby>は　<ruby>晴<rt>は</rt></ruby>れですが、<ruby>午後<rt>ごご</rt></ruby>は　<ruby>雨<rt>あめ</rt></ruby>でしょう。

氣象員：這是明天的天氣。明天一整天都是暖和的天氣。早上雖然是晴天，但下午將會下雨。

其他參考對話詳見P149

今月は何月ですか？

現在是幾月呢？

7.5　聽聽看！再大聲唸出來

七月來了！你放暑假了嗎？

一起去海邊玩吧！

練習をしよう

❶ <ruby>1月<rt>いちがつ</rt></ruby>　　❼ <ruby>7月<rt>しちがつ</rt></ruby>
❷ <ruby>2月<rt>にがつ</rt></ruby>　　❽ <ruby>8月<rt>はちがつ</rt></ruby>
❸ <ruby>3月<rt>さんがつ</rt></ruby>　　❾ <ruby>9月<rt>くがつ</rt></ruby>
❹ <ruby>4月<rt>しがつ</rt></ruby>　　❿ <ruby>10月<rt>じゅうがつ</rt></ruby>
❺ <ruby>5月<rt>ごがつ</rt></ruby>　　⓫ <ruby>11月<rt>じゅういちがつ</rt></ruby>
❻ <ruby>6月<rt>ろくがつ</rt></ruby>　　⓬ <ruby>12月<rt>じゅうにがつ</rt></ruby>

對話練習ア

話してみよう

🎧 **7.6** 聊氣候，再加入月份說法，讓你的會話更完整！根據下列四組關鍵字，並參考下面對話，形容一下氣候吧！最後兩句日文橘字請自由發揮囉！

Ⓐ 東京の　7月は　暑いですか。

Ⓑ はい、とても　暑いです。

Ⓐ 12月は　どうですか。

Ⓑ 寒いです。

Ⓐ 東京でも　雪が　降りますか。

Ⓑ ときどき　降ります。

1 東京／東京

7月／暑い（7月／炎熱）
12月／寒い（12月／寒冷）

A：東京的7月熱嗎？
B：是的，很熱。
A：12月如何呢？
B：非常寒冷。
A：東京也會下雪嗎？
B：有時候會下。

其他參考對話詳見P149

2 北海道／北海道

2月／寒い（2月／寒冷）
6月／涼しい（6月／涼爽）

3 ハワイ／夏威夷

9月／暑い（9月／炎熱）
12月／暑い（12月／炎熱）
一年中／暑い（全年炎熱）

By the way

別忘記南、北半球氣候是顛倒的喔！譬如オーストラリア（澳洲），夏天大概在12月到2月，冬天則是6月到8月。

4 ニューヨーク／紐約

8月／暑い（8月／炎熱）
4月／涼しい（4月／涼爽）

今日は何日ですか？
今天是幾號呢？

7.7 聽聽看！再大聲唸出來

練習をしよう

ついたち 1日／1號	じゅうに にち 12日／12號	にじゅうさん にち 23日／23號
ふつか 2日／2號	じゅうさん にち 13日／13號	にじゅうよっ か 24日／24號
みっか 3日／3號	じゅうよっ か 14日／14號	にじゅうご にち 25日／25號
よっ か 4日／4號	じゅうご にち 15日／15號	にじゅうろく にち 26日／26號
いつか 5日／5號	じゅうろく にち 16日／16號	にじゅうしち にち 27日／27號
むい か 6日／6號	じゅうしち にち 17日／17號	にじゅうはち にち 28日／28號
なの か 7日／7號	じゅうはち にち 18日／18號	にじゅうく にち 29日／29號
ようか 8日／8號	じゅうく にち 19日／19號	さんじゅう にち 30日／30號
ここの か 9日／9號	はつ か 20日／20號	さんじゅういち にち 31日／31號
とお か 10日／10號	にじゅういち にち 21日／21號	なんにち 何日／幾號
じゅういち にち 11日／11號	にじゅうに にち 22日／22號	

聞き取り練習
聽力練習 イ

7.8 聽聽MP3，按照MP3的對話順序，標上數字。

- ☐ いいえ、北海道の 夏は 涼しいです。
- ☐ はい、7月から 8月まで とても 暑いです。
- ① 東京の 夏は 暑いですか。
- ☐ ハワイは どうですか。
- ☐ 日本の 夏は、北海道から 沖縄まで、どこも 暑いですか。
- ☐ ハワイは 一年中 暑いです。

答案及翻譯詳見P149

話してみよう
對話練習イ

7.9 每逢佳節倍思親，日本的這些節日怎麼說呢？參考以下四組關鍵字和對話，跟朋友練習一下吧！

Ⓐ 今日（きょう）は　寒（さむ）いですね。

Ⓑ ええ、本当（ほんとう）に　寒（さむ）いです。

Ⓐ もうすぐ　節分（せつぶん）ですね。

Ⓑ 節分（せつぶん）は　いつですか。

Ⓐ 2月3日（にがつみっか）です。

Ⓑ えっ、2月4日（にがつよっか）ですか。

Ⓐ いいえ、2月3日（にがつみっか）です。

Ａ：今天好冷啊！

Ｂ：是啊！真是冷啊！

Ａ：節分就快到了。

Ｂ：節分是什麼時候？

Ａ：2月3日。

Ｂ：咦，2月4日嗎？

Ａ：不，是2月3日。

其他參考對話詳見P150

1
寒（さむ）い／節分（せつぶん）
2月3日（にがつみっか）／2月4日（にがつよっか）

2
暖（あたた）かい／ひな祭（まつ）り
3月3日（さんがつみっか）／3月4日（さんがつよっか）

3
暑（あつ）い／七夕（たなばた）
7月7日（しちがつなのか）／8月9日（はちがつここのか）

4
寒（さむ）い／クリスマスイブ
12月24日（じゅうにがつにじゅうよっか）／11月14日（じゅういちがつじゅうよっか）

讀解練習　読んでみよう

請閱讀以下短文，試著回答下列問題。

閱讀

　宇宙の　皆さん、こんにちは。今日は　地球を　紹介します。地球は　きれいです。ただ、人が　多いです。気候は、赤道は　暑いですが、北極と　南極は　寒いです。赤道から　北極や　南極までの間は、いろいろです。あなたの　星は　どうですか。

❶ 地球は　どうですか。
　❶ きれいです。
　❷ 暑いです。
　❸ 寒いです。
　❹ きれいでは　ありません。

❷ 地球の　気候は　どうですか。
　❶ 多いです。
　❷ 暑いです。
　❸ 寒いです。
　❹ いろいろです。

　各位來自宇宙的朋友，大家好，今天為您介紹地球。地球很漂亮，只是人太多了。至於氣候，赤道很熱，但南極與北極很冷，從赤道到南、北極之間有各種不同的氣候。您的星球如何呢？

❶ 地球如何呢？
　❶ 很漂亮。　❷ 很熱。　❸ 很冷。　❹ 不漂亮。
❷ 地球的氣候如何呢？
　❶ 很多。　❷ 很熱。　❸ 很冷。　❹ 各式各樣。

答案：❶ 1．❷ 4

單字總整理！

✱氣象

□ 天気（てんき）
（天氣；好天氣）

□ 風（かぜ）
（風）

□ 雨（あめ）
（雨）

□ 雪（ゆき）
（雪）

□ 暑い（あつい）
（〈天氣〉熱，炎熱）

□ 寒い（さむい）
（〈天氣〉寒冷）

□ 涼しい（すずしい）
（涼爽，涼爽）

□ 曇る（くもる）
（變陰；陰天）

□ 晴れる（はれる）
（〈天氣〉放晴，〈雨，雪〉停止）

✱季節

□ 春（はる）
（春天）

□ 夏（なつ）
（夏天）

□ 秋（あき）
（秋天）

□ 冬（ふゆ）
（冬天）

✱日期

□ 1日（ついたち）
（〈每月〉一號，初一）

□ 2日（ふつか）
（〈每月〉二號；兩天）

□ 3日（みっか）
（〈每月〉三號；三天）

□ 4日（よっか）
（〈每月〉四號；四天）

□ 5日（いつか）
（〈每月〉五號；五天）

□ 6日（むいか）
（〈每月〉六號；六天）

□ 7日（なのか）
（〈每月〉七號；七天）

□ 8日（ようか）
（〈每月〉八號；八天）

□ 9日（ここのか）
（〈每月〉九號；九天）

□ 10日（とおか）
（〈每月〉十號；十天）

□ 20日（はつか）
（〈每月〉二十日；二十天）

□ 一日（いちにち）
（一天；一整天）

□ カレンダー
【calendar】
（日曆）

✱年月份

□ 先月（せんげつ）
（上個月）

□ 今月（こんげつ）
（這個月）

□ 来月（らいげつ）
（下個月）

□ 毎月／毎月（まいげつ／まいつき）
（每個月）

□ 一月（ひとつき）
（一個月）

□ 一昨年（おととし）
（前年）

□ 去年（きょねん）
（去年）

□ 今年（ことし）
（今年）

□ 来年（らいねん）
（明年）

□ 再来年（さらいねん）
（後年）

□ 毎年／毎年（まいねん／まいとし）
（每年）

□ 年（とし）
（年；年紀）

□ ～時（とき）
（時）

日語有哪些品詞呢？

• 日語共有 11 種品詞。

品　詞	單　　字	
【 動 】詞	会う 見面	見る 看
【 名 】詞	手 手	雨 雨
【代名】詞	どこ 哪裡	これ 這個
【形容】詞	安い 便宜	楽しい 快樂
【形容動】詞	静かだ 安靜	便利だ 方便
【 副 】詞	少し 一些	とても 非常
【連體】詞	その 那個	大きな 大的
【接續】詞	しかし 但是	だから 所以
【 助 】詞	を　は　が　から　のに 從…　卻…	
【助動】詞	た　れる　そうだ 聽說	
【感動】詞	はい　ああ 是的　啊	

模擬考題

一 文字、語彙問題

もんだい1 _____の ことばは ひらがな、カタカナや かんじで どう かきますか。
1・2・3・4から いちばん いいものを ひとつ えらんで ください。

_____ ① かいしゃは らいげつの 6日が やすみです。
1 むっつか　　　2 むいか　　　3 むいつか　　　4 むつか

_____ ② きょうは 20日です。あしたは 21にちです。
1 はつか　　　2 はたち　　　3 はずか　　　4 はちか

_____ ③ だいがくの しけんは 来月の ついたちから です。
1 らいがつ　　　2 らいげつ　　　3 きつき　　　4 らいづき

_____ ④ わたしは 毎月 しょうせつを 3さつ よみます。
1 まいつき　　　2 まえげつ　　　3 まいがつ　　　4 まいづき

_____ ⑤ のりこの たんじょうびは 4がつ ようかです。
1 4日　　　2 5日　　　3 8日　　　4 9日

_____ ⑥ らいねんの かれんだーを かいました。
1 カテンダー　　　2 カルンダー　　　3 カレンダー　　　4 カレシダー

もんだい2 （　　　）に なにを いれますか。1・2・3・4から いちばん いいもの
を ひとつ えらんで ください。

_____ ① きょうは 7がつ （　　　） です。
1 よんか　　　2 いっか　　　3 むいか　　　4 ななか

もんだい3 _____の ぶんと だいたい おなじ いみの ぶんが あります。
1・2・3・4から いちばん いいものを ひとつ えらんで ください。

_____ ① おととし にほんに きました。
1 ふつかまえ にほんに きました。　　　2 にしゅうかんまえ にほんに きました。
3 にかげつまえ にほんに きました。　　　4 にねんまえ にほんに きました。

文法問題

> **もんだい1** （　　　）に　なにを　いれますか。1・2・3・4から　いちばん　いいものを
> ひとつ　えらんで　ください。

_____ ① 中川「山田さんは　あした　じかんが　ありますか。」
山田「あさ（　　　）　いそがしいですが、ごごは　ひまです。」
1　が　　　　　　　2　は　　　　　　　3　に　　　　　　　4　で

_____ ② 今日は　いちにち（　　　）　はたらきました。つかれました。
1　じゅう　　　　2　まで　　　　　　3　ごろ　　　　　　4　あと

_____ ③ 妹は　にんじんを　食べます（　　　）、弟は　食べません。
1　か　　　　　　2　は　　　　　　　3　と　　　　　　　4　が

_____ ④ ここ（　　　）　ジュースは　飲みません。
1　へは　　　　　2　には　　　　　　3　では　　　　　　4　とは

_____ ⑤ おさいふは（　　　）ありませんでした。
1　どこにも　　　2　いつも　　　　　3　どこもに　　　　4　どこに

_____ ⑥ がっこうは　（　　　）からですか。
1　いつも　　　　2　何も　　　　　　3　いつ　　　　　　4　どこに

_____ ⑦ 今日は　ごごから　あめが　（　　　）　でしょう。
1　ふる　　　　　2　ふり　　　　　　3　ふって　　　　　4　ふります

> **もんだい2** _____★_____に　いれる　ものは　どれですか。1・2・3・4から　いちばん
> いいものを　ひとつ　えらんで　ください。

_____ ① 山田「すみません。どよびの　ごぜんは　じかんが　ありません。」
田中「では、にちようび_____　_____　_★_　_____　ですか。」
1　どう　　　　　2　ごご　　　　　　3　は　　　　　　　4　の

_____ ② 橋本「わたしたちは　えき_____　_____　_★_　_____。」
中山「たいへんですね。」
1　まで　　　　　2　あるきます　　　3　いえ　　　　　　4　から

健康 × 活力
我的幸福小日子

昼ご飯は何を食べますか。

8.1 看圖記單字 絵を見て覚えよう

聽聽看！再大聲唸出來

1 魚／魚 (さかな)

2 いか／烏賊

3 えび／蝦子

4 貝／貝類 (かい)

5 肉／肉類 (にく)

6 チーズ／乳酪

7 牛乳／牛奶 (ぎゅうにゅう)

8 ヨーグルト／優酪乳

9 バター／牛油，奶油

10 チョコレート／巧克力

11 ケーキ／蛋糕

12 トマト／蕃茄

13 たまねぎ／洋蔥

14 大根／白蘿蔔 (だいこん)

15 にんじん／紅蘿蔔

16 じゃがいも／馬鈴薯

17 キャベツ／高麗菜

18 バナナ／香蕉

19 ぶどう／葡萄

20 りんご／蘋果

21 すいか／西瓜

22 レモン／檸檬

23 パン／麵包

24 ご飯／米飯 (はん)

25 麺／麵 (めん)

靈活應用
応用編

「民以食為天」，相信大家都能同意吧！食物不僅是活力的來源，吃到美食，也會令人心情愉快。所以，即使是減肥期間，該攝取的營養，樣樣都不能少喔！

8.2 陽菜跟祥太兩人正在討論午餐要吃什麼。參考下方對話，跟同伴練習一下吧！

陽菜 昼ご飯は　何❶を　食べますか。

祥太 肉を　食べます。

陽菜 どんな　肉❷ですか。

祥太 ステーキです。ステーキは　おいしいですよ❸。

陽菜 何を　飲みますか。

祥太 コーヒーや　紅茶❹を　飲みます。

陽菜 どこで　食べますか。

祥太 レストランで　食べます❺。

陽菜：午餐要吃什麼呢？
祥太：要去吃肉。
陽菜：要吃什麼肉呢？
祥太：牛排。牛排很好吃喔。
陽菜：那要喝什麼呢？
祥太：喝咖啡或是紅茶。
陽菜：要到哪裡吃呢？
祥太：在餐廳吃。

文法重點提要

❶ 何（なに／なん）
❷ どんな[名詞]
❸ [句子]よ
❹ [名詞]や[名詞]（など）
❺ [場所]で[動詞]

詳細解說請見下頁

文法重點說明

❶ 昼ご飯は　何を　食べますか。（午餐要吃什麼呢？）

「何（なに／なん）」代替名稱或情況不瞭解的事物。也用在詢問數字時。可譯作「什麼」。「何が」、「何を」及「何も」唸「なに」；「何だ」、「何の」及詢問數字時念「なん」；至於「何で」、「何に」、「何と」及「何か」唸「なに」或「なん」都可以。

➡ それは　何の　本ですか。（那是什麼書呢？）

➡ あしたは　何曜日ですか。（明天是星期幾呢？）

❷ どんな　肉ですか。（要吃什麼肉呢？）

「どんな［名詞］」。「どんな」後接名詞，用在詢問事物的種類、內容。可譯作「什麼樣的」。

➡ どんな　本を　読みますか。（你看什麼樣的書？）

➡ それは　どんな　色ですか。（那是什麼顏色？）

❸ ステーキは　おいしいですよ。（牛排很好吃喔。）

「［句子］よ」請對方注意，或使對方接受自己的意見時，用來加強語氣。基本上使用在說話人認為對方不知道的事物，想引起對方注意。可譯作「…喔」。

➡ この　料理は　おいしいですよ。（這道菜很好吃喔。）

➡ これは　太郎の　辞書ですよ。（這是太郎的辭典喔。）

❹ コーヒーや　紅茶を　飲みます。（喝咖啡或是紅茶。）

「［名詞］や［名詞］（など）」表示在幾個事物中，列舉出二、三個來做為代表，其他的事物就被省略下來，沒有全部說完。可譯作「…和…」。後面接「など」也是表示舉出幾項，但是沒有全部說完。這些沒有全部說完的部分用「など」（等等）來加以強調。

➡ りんごや　みかんを　買いました。（買了蘋果和橘子。）

➡ テニスや　野球などを　します。（打網球和棒球等等。）

❺ レストランで　食べます。（在餐廳吃。）

「［場所］で［動詞］」表示動作進行的場所。可譯作「在…」。

➡ 玄関で　靴を　脱ぎました。（在玄關脫了鞋子。）

➡ 家で　テレビを　見ます。（在家看電視。）

話してみよう 對話練習ア

🎧 8.3 請根據圖2到6關鍵字，並參考下列對話，再跟朋友一起完成對話。

Ⓐ 山下さんは 映画を 見ますか。

Ⓑ ええ、見ますよ。

Ⓐ どこで 見ますか。

Ⓑ 渋谷で見ます。

Ⓐ そうですか。

A：山下小姐看電影嗎？
B：嗯，看啊！
A：在哪裡看呢？
B：在澀谷看。
A：這樣啊！

① 映画を 見ます／渋谷
看電影／澀谷

其它參考對話詳見P150

② テニスを します／市民体育館
打網球／市民體育館

③ 散歩を します／公園
散步／公園

④ 日本料理を 食べます／料亭
吃日本料理／高級日本料理店

⑤ ビールを 飲みます／居酒屋
喝啤酒／居酒屋

⑥ ケーキを 作ります／家
做蛋糕／家

聴力練習

8.4 人們在談論運動跟飲食習慣，請將MP3中提到的項目，在方格內打勾。

1 スポーツ／運動

□ サッカー／足球

□ テニス／網球

□ 水泳(すいえい)／游泳

2 お酒(さけ)／酒

□ 日本酒(にほんしゅ)／日本酒

□ ビール／啤酒

□ ワイン／葡萄酒

3 果物(くだもの)／水果

□ もも／桃子

□ 柿(かき)／柿子

□ ぶどう／葡萄

答案詳見P151

❗ 好好表現一下囉！以上面的圖為話題，參考下面對話，跟同伴說說自己的習慣。

Ⓐ どんな　スポーツを　しますか。

Ⓑ サッカーや　テニスを　します。

Ⓐ 水泳(すいえい)も　しますか。

Ⓑ いいえ、しません。

A：你都做些什麼運動呢？

B：我都踢足球或打網球。

A：也游泳嗎？

B：不，我不游泳。

書いてみよう

造句練習

這些句子都亂了，請把它們按照順序排好。

1 お酒 か 田中さん 飲みます は を

2 や を 飲みます ビール ワイン

3 を か どんな 飲みます お酒

4 ビール を で 飲みます 家

答案都寫完了嗎？別小看這個小測驗，這一大題可以幫助您熟悉日文語順的特徵，是打好基礎日語不能缺少的練習題喔！寫完之後，請翻到後面的解答篇核對答案，確認自己是不是都寫對了呢！

答案及翻譯詳見P151

對話練習イ

8.5 您中午都吃些什麼呢？參考下圖跟朋友練習下列的對話吧！

Ⓐ 昼ご飯は 何を 食べますか。

Ⓑ ステーキを 食べます。

Ⓐ 何を 飲みますか。

Ⓑ コーヒーを 飲みます。

Ⓐ どこで 食べますか。

Ⓑ レストランで 食べます。

A：你中餐吃什麼？
B：我吃牛排。
A：喝什麼呢？
B：喝咖啡。
A：在哪裡吃呢？
B：在餐廳。

其它參考對話詳見P151

1 食べ物／食物

ステーキ／牛排

オムレツ／歐姆蛋

すき焼き／壽喜燒

2 飲み物／飲品

コーヒー／咖啡

ジュース／果汁

お茶／茶

3 場所／場所

レストラン／餐廳

会社／公司

家／家

読んでみよう

讀解練習

請閱讀以下短文，試著回答下列問題。

閲讀

　　今日の　朝は、家で　だんごを　3種類　食べました。お昼は、レストランで　チーズケーキを　食べました。チーズは　カルシウムが　多いです。夜は、居酒屋で　お酒を　飲みました。ビールや日本酒、ワインなどです。今日の　食事は、栄養の　バランスが　いいです。

❶ 今日は　家で　何回　ご飯を　食べましたか。
　❶ 0回
　❷ 1回
　❸ 2回
　❹ 3回

❷ 今日は　お酒を　何回　飲みましたか。
　❶ 0回
　❷ 1回
　❸ 2回
　❹ 3回

　　今天早上在家吃了三種丸子；中午在餐廳吃了起士蛋糕，起士含有豐富的鈣質；晚上在居酒屋喝了酒，有啤酒、日本清酒和葡萄酒等。今天吃的食物，營養十分均衡。

❶ 今天在家吃了幾餐呢？
　❶一餐都沒有　❷一餐　❸兩餐　❹三餐

❷ 今天喝了幾次酒呢？
　❶一次都沒有　❷一次　❸兩次　❹三次

答案：❶ 2．❷ 2

❀ する動詞

□ する
（做，進行）

□ 洗濯・する
せんたく
（洗衣服，洗滌）

□ 掃除・する
そうじ
（打掃，清掃）

□ 旅行・する
りょこう
（旅行，旅遊）

□ 散歩・する
さんぽ
（散步）

□ 勉強・する
べんきょう
（努力學習）

□ 練習・する
れんしゅう
（練習，學習）

□ 結婚・する
けっこん
（結婚）

□ 質問・する
しつもん
（提問，問題）

❀ 食物

□ コーヒー【coffee】
（咖啡）

□ 牛乳
ぎゅうにゅう
（牛奶）

□ お酒
さけ
（酒；清酒）

□ 肉
にく
（肉）

□ 鳥肉
とりにく
（雞肉）

□ 水
みず
（水）

□ 牛肉
ぎゅうにく
（牛肉）

□ 豚肉
ぶたにく
（豬肉）

□ お茶
ちゃ
（茶，茶葉）

□ パン【(葡) pão】
（麵包）

□ 野菜
やさい
（蔬菜，青菜）

□ 卵
たまご
（蛋，雞蛋）

□ 果物
くだもの
（水果，鮮果）

✿其他動詞

- □ 会う
（見面，遇見）

- □ 上げる／挙げる
（送給；舉起）

- □ 遊ぶ
（遊玩；遊覽）

- □ 浴びる
（淋，浴，澆）

- □ 洗う
（沖洗，清洗）

- □ 在る
（在，存在）

- □ 有る
（有，持有）

- □ 言う
（講；說話）

- □ 居る
（〈人或動物的存在〉有，在）

- □ 要る
（要，需要）

- □ 歌う
（唱歌；歌頌）

- □ 置く
（放，放置）

- □ 泳ぐ
（游泳）

- □ 終わる
（完畢，結束）

- □ 返す
（還，歸還；送回）

- □ 掛ける
（打電話）

- □ 被る
（戴〈帽子等〉）

- □ 切る
（切，剪，裁剪；切傷）

- □ 下さい
（〈表請求對方作〉請給〈我〉；請～）

- □ 答える
（回答，答覆）

- □ 咲く
（開〈花〉）

- □ 差す
（撐〈傘等〉）

- □ 締める
（勒緊；繫著）

- □ 知る
（知道，得知）

- □ 吸う
（吸，抽）

- □ 住む
（住，居住）

- □ 頼む
（請求，要求）

- □ 違う
（不同，差異）

- □ 使う
（使用；花費）

- □ 疲れる
（疲倦，疲勞）

- □ 着く
（到，到達）

- □ 作る
（做，造）

- □ 点ける
（點〈火〉，點燃）

- □ 勤める
（工作，任職）

- □ 出来る
（可以，辦得到）

- □ 止まる
（停，停止）

- □ 取る
（拿取；採取）

- □ 撮る
（拍照，拍攝）

- □ 鳴く
（〈鳥，獸，蟲等〉叫，鳴）

- □ 無くす
（喪失）

- □ 為る
（成為，變成）

- □ 登る
（登；攀登〈山〉）

- □ 履く／穿く
（穿〈鞋，襪；褲子等〉）

- □ 走る
（〈人，動物〉跑步）

- □ 貼る
（貼上，糊上）

- □ 弾く
（彈，彈奏）

- □ 吹く
（〈風〉刮，吹）

- □ 降る
（落，下，降〈雨，雪，霜等〉）

- □ 曲がる
（彎曲；拐彎）

- □ 待つ
（等候，等待）

- □ 磨く
（刷洗，擦亮）

- □ 見せる
（讓～看，給～看）

- □ 見る
（看，觀看）

- □ 申す
（叫做，稱）

- □ 持つ
（拿，帶）

- □ やる
（做，幹）

- □ 呼ぶ
（呼叫，招呼）

- □ 渡る
（渡，過〈河〉）

- □ 渡す
（交給，交付）

模擬考題

一 文字、語彙問題

もんだい1 ＿＿＿＿の ことばは ひらがな、カタカナや かんじで どう かきますか。
1・2・3・4から いちばん いいものを ひとつ えらんで ください。

＿＿＿ ① あさは　パンと　牛乳を　たべます。
　　　　1　ぎゅうにゅ　　　2　ぎゅうにゅう　　　3　ぎゅうにゆう　　　4　ぎうにゅう

＿＿＿ ② わたしは　牛肉と　さしみを　たべませんでした。
　　　　1　ぎゅにく　　　2　ぎゅうにく　　　3　きゅうにく　　　4　ぎゅにぐ

＿＿＿ ③ はなこさん、ちょっと　お茶を　のんで　から　かえりませんか。
　　　　1　ちゃあ　　　2　ちゃい　　　3　ちや　　　4　ちゃ

＿＿＿ ④ どようびの　ごごは　洗濯で　いそがしかったです。
　　　　1　せいたく　　　2　せんだく　　　3　せったん　　　4　せんたく

＿＿＿ ⑤ わたしの　あには　はなこさんと　結婚します。
　　　　1　けつこん　　　2　けっこん　　　3　げつこん　　　4　けごん

＿＿＿ ⑥ きのう　たなかさんと　やまに　登りました。
　　　　1　のほり　　　2　のぽり　　　3　のぼうり　　　4　のぼり

＿＿＿ ⑦ にくと　たまごを　かって　きて　ください。
　　　　1　茆　　　2　卵　　　3　卵　　　4　柳

＿＿＿ ⑧ けさは　くだものは　たべませんでした。
　　　　1　果物　　　2　菓者　　　3　果者　　　4　菓物

＿＿＿ ⑨ どようびは　さんぽを　した　あとで　しゅくだいを　しました。
　　　　1　三歩　　　2　散歩　　　3　参歩　　　4　散浦

＿＿＿ ⑩ にちようびには　みんなで　そうじを　しました。
　　　　1　掃余　　　2　掃除　　　3　帰除　　　4　掃徐

もんだい2 （　　　）に　なにを　いれますか。1・2・3・4から　いちばん　いいもの
を　ひとつ　えらんで　ください。

_____ ① みなさん、しゃしんを　（　　　）よ。

1　つけます　　　　2　おします　　　　3　とります　　　　4　つくります

もんだい3 _____の　ぶんと　だいたい　おなじ　いみの　ぶんが　あります。
1・2・3・4から　いちばん　いいものを　ひとつ　えらんで　ください。

_____ ① いまから　せんたくを　します。

1　いまから　てや　かおを　あらいます。

2　いまから　シャツや　ズボンを　あらいます。

3　いまから　ちゃわんや　コップを　あらいます。

4　いまから　くるまを　あらいます。

_____ ② いまから　そうじを　します。

1　いまから　ようふくを　きれいに　します。

2　いまから　へやを　きれいに　します。

3　いまから　おさらを　きれいに　します。

4　いまから　からだを　きれいに　します。

_____ ③ まいあさ　こうえんを　さんぽします。

1　まいあさ　こうえんで　うたいます。

2　まいあさ　こうえんで　はしります。

3　まいあさ　こうえんで　すわります。

4　まいあさ　こうえんで　あるきます。

文法問題

もんだい1 （　　　）に　なにを　いれますか。1・2・3・4から　いちばん　いいものを
ひとつ　えらんで　ください。

_____ ① わたしの　兄は　来月から　ぎんこう（　　　）　はたらきます。

1　に　　　　　2　へ　　　　　3　を　　　　　4　で

_____ ② A 「いっしょに　おやつは　どうですか。ケーキ（　　）　くだものなど、お
　　　　　　いしいですよ。」
　　　　 B 「ありがとう　ございます。」
　　　　 1　が　　　　　　2　や　　　　　　3　も　　　　　　4　と

_____ ③ A 「山口さんは　（　　　　）　人ですか。」
　　　　 B 「とても　おもしろい　人です。」
　　　　 1　どこの　　　　2　どんな　　　　3　どうして　　　　4　どれぐらい

_____ ④ ちかくに　ゆうびんきょくや　ぎんこう　（　　　）が　あります。
　　　　 1　と　　　　　　2　など　　　　　3　も　　　　　　4　たち

_____ ⑤ ここ　（　　　）すこし　やすみます。
　　　　 1　と　　　　　　2　で　　　　　3　の　　　　　　4　を

_____ ⑥ えきから　とおいです（　　　）。
　　　　 1　に　　　　　　2　よ　　　　　3　は　　　　　　4　を

> もんだい2 　___★___に　いれる　ものは　どれですか。1・2・3・4から　いちばん
> いいものを　ひとつ　えらんで　ください。

_____ ① 田中「山田さんは　今度の　_____　_____　_★_　_____　しますか。」
　　　　 山田「にほんごを　べんきょうします。」
　　　　 1　に　　　　　　2　なつやすみ　　3　を　　　　　4　何

_____ ② 山中「きのう、ちかく　_____　_____　_★_　_____　を　たべました。」
　　　　 大山「どんな　レストランですか。」
　　　　 1　レストラン　　2　ごはん　　　　3　で　　　　　4　の

代名詞的圖像

- 不稱呼對方的名字、名稱，而用「你、我、他、它」來稱呼人或物的叫代名詞。

話題中的人物

かのじょ
彼女
(她)

かれ
彼ら
(他們)

彼
(他)

あいつ
(他，那傢伙)

自己

わたし
(我)

わたくし
(我，敝人)

ぼく
(我，在下
＜男生用語＞)

おれ
(我＜男生用語＞)

對方

あなた
(你／妳／老公)

おまえ
(你／妳)

きみ
(你／妳)

どなた
(哪位)

だれ
(誰)

名詞

名詞的活用變化如下：

語幹

語尾

がくせい
学生

だ

がくせい
学生

で　す

で　はありません

で　した

で　はありませんでした

第 9 課

上？下？左？右？
東西在哪裡呢？

あれ、お皿がありませんね。

🎧 9.1 **看圖記單字** 絵を見て覚えよう

聽聽看！再大聲唸出來

❶
流し台／洗滌槽

❷
電子レンジ／微波爐

❸
鍋／鍋子

❹
やかん／燒水壺

❺ 包丁／菜刀

❻ まな板／切菜板

❼
フライパン／平底鍋

❽
皿／盤子

❾ フォーク／叉子

❿ ナイフ／刀子

⓫ 歯ブラシ／牙刷

⓬ コップ／杯子

⓭ タオル／毛巾

⓮
スリッパ／拖鞋

⓯
ヘアブラシ／梳子

⓰
せっけん／肥皂

⓱ シャンプー／洗髮精

⓲ リンス／潤絲精

-106-

靈活應用
応用編

鈴木先生神經大條，常常找不到東西；鈴木太太則是個小迷糊，常常忘東忘西。
不過，這大概就是鈴木夫婦感情融洽的原因之一吧！

9.2 一人扮演鈴木先生，一人扮演鈴木太太，跟同伴一起練習下面
對話囉！

先生　あれ、お皿（さら）が　ありません❶ね。

太太　ええと、お皿（さら）は　下（した）の　棚（たな）に　あります❷。

先生　え、下（した）の　棚（たな）、下（した）の　棚（たな）、下（した）の　棚（たな）には　ありませんよ。

太太　あっ、ごめん、上（うえ）の　棚（たな）です。

先生　あ、ありました。どうぞ。この　台所（だいどころ）は　棚（たな）が　たくさん　ありますね。

太太　ええ。あれ、お皿（さら）に　ひびが　あります❸ね。

先生　あっ、そうですね。

先生：咦？我找不到盤子耶。
太太：我想想…，盤子在下面的櫃子裡。
先生：唔…下面的櫃子…下面的櫃子…下面的櫃子裡沒有啊？
太太：啊，對不起！是在上面的櫃子！
先生：喔，找到了。請用。這間廚房的櫃子真不少呢。
太太：是呀。咦？這個盤子有裂縫喲。
先生：啊，真的耶！

文法重點提要

❶ [名詞]があります／います（存在）

❷ [場所]に；
　　[名詞]は[場所]にあります／います

❸ [場所]に[名詞]があります／います；
　　[名詞]あります（所有）

詳細解說請見下頁

文法重點說明

❶ お皿が ありませんね。（我找不到盤子耶。）

「[名詞] があります／います」表示存在某物或某人的句型。「あります／います」是表示事物存在的動詞，無生命的自己無法動的用「あります」；「います」用在有生命的，自己可以動作的人或動物。

➡ ノートが あります。（有筆記本。）

➡ 鳥が います。（有鳥。）

❷ お皿は 下の 棚に あります。（盤子在下面的櫃子裡。）

「[場所] に」的「に」表示存在的場所。

➡ 木の 下に 妹が います。（妹妹在樹下。）

➡ 山の 上に 小屋が あります。（山上有棟小屋。）

「[名詞] は [場所] にあります／います」表示某物或人，存在某場所用「(物)は(場所)にあります／(人)は(場所)にいます」。可譯作「某物或人在某處」。

➡ トイレは あちらに あります。（廁所在那邊。）

➡ 姉は 部屋に います。（姊姊在房間。）

❸ お皿に ひびが ありますね。（這個盤子有裂縫喲。）

「[場所] に [名詞] があります／います」表某處存在某物或人。也就是無生命事物，及有生命的人或動物的存在場所，用「(場所)に(物)があります／(人)がいます」。可譯作「某處有某物或人」。

➡ 箱の 中に お菓子が あります。（箱子裡有甜點。）

➡ 北海道に 兄が います。（北海道那邊有哥哥。）

「[名詞] あります」也表示擁有。

➡ 私は 車が あります。（我有車子。）

猫はどこにいますか

貓在哪裡

🎧 9.3

邊聽邊練習，肥貓教你上下左右、前面後面、裡面外面怎麼說？

說說看我在哪裡呢？

うえ
上／上面

した
下／下面

まえ
前／前面

うし
後ろ／後面

みぎ
右／右邊

ひだり
左／左邊

あいだ
間／中間

なか　　　　　そと
中／裡面 ⇔ 外／外面

となり
隣／隔壁、旁邊

對話練習ア

🎧 9.4 參考對話 1，跟同伴練習圖 2 和 3。

我在長椅上啦！不過日語該怎麼說呢？

1. 猫／ベンチの　上(下)
猫／長椅上面（下面）

對話

Ⓐ あのう、猫は　どこに　います
か。

Ⓑ 猫は　ベンチの　上に　い
ます。

Ⓐ ベンチの　下ですね。

Ⓑ いいえ、ベンチの　上です。

Ⓐ あっ、　どうも。

A：請問，貓在哪裡?
B：貓啊！在長椅上面。
A：在長椅下面啊！
B：不是的，在長椅上面。
A：啊，謝了！

其他參考對話詳見P151

2. 女の　人／家の　外(中)
女人／房子裡面（外面）

3. 子ども／おじいちゃんと　おばあちゃんの
間(右)
小孩／祖父祖母中間（右邊）

聽力與對話
聞いて話しましょう

🎧 9.5 Ⓐ 聽聽MP3，下面的這些建築物位置在哪裡呢？把正確的號碼填上去。

everyday extra agency online file

address: http://www.bibo.com

Search 地圖

Seacsh Photo Map Mail Play News Youtube Movie Blog

デパート／百貨公司
病院／醫院
郵便局／郵局
学校／學校
喫茶店／咖啡廳
映画館／電影院
コンビニ／便利商店
公園／公園
ホテル／旅館

1	銀行／銀行
2	本屋／書店
3	駐車場／停車場
4	花屋／花店
5	スーパー／超市
6	図書館／圖書館

答案詳見P152

🎧 9.6 Ⓑ 參考關鍵字 1 的對話，跟同伴練習 2 到 4 的地理位置。

Ⓐ すみません。この　近くに　コンビニは　ありませんか。

Ⓑ あそこに　ありますよ。

Ⓐ えっ、どこですか。

Ⓑ 銀行の　隣です。

Ⓐ ありがとう　ございます。

在日本迷路了怎麼辦？
把紅色字換掉，練習說說看！

❶ コンビニ／便利商店

❷ デパート／百貨公司

❸ 喫茶店／咖啡廳

❹ ホテル／旅館

A：請問，這附近有便利商店嗎？
B：那裡有喔！
A：啊，在哪裡呢？
B：在銀行隔壁。
A：謝謝您。

其他參考對話詳見P152

填填看

東西在哪裡呢？需要它的時候偏偏找不到…讓我們來學學理香，只要東西有固定的地方放置，就不怕找不到囉！

❗ 理香的小東西都放在架子的第幾層呢？請參考例子，填填看。

例 A：鏡は　どこに　ありますか。
　　　鏡子在哪裡？
　　 B：下から　２段目です。
　　　從下面數第二層。

　　 A：化粧水は　どこに　ありますか。

　　 B：＿＿＿＿＿＿＿＿＿＿＿＿

　　 A：香水は　どこに　ありますか。

　　 B：＿＿＿＿＿＿＿＿＿＿＿＿

參考答案詳見P152

化粧水／化妝水

鏡／鏡子

香水／香水

話してみよう

對話練習イ

🎧 9.7
在朋友家廚房，今天大家準備做幾道拿手菜，可是東西在哪裡呢？聽聽下面的對話，然後跟同伴練習。

1 皿／盤子
2 鍋／鍋子
3 米／米飯
4 フォーク／叉子
5 カップ／杯子
6 塩／鹽巴
7 グラス／玻璃杯
8 ナイフ／刀子
9 バナナ／香蕉
10 トースター／烤麵包機
11 電子レンジ／微波爐
12 しょう油／醬油
13 フライパン／平底鍋
14 引き出し／抽屜
15 棚／架子
16 箸／筷子

Ⓐ あれ、お皿が ありませんよ。

Ⓑ ええと、下の 棚に あります。

Ⓐ え、下の 棚、下の 棚、下の 棚には ありませんよ。

Ⓑ あっ、ごめん、上の 棚です。

Ⓐ あ、ありました。

Ａ：唉呀！沒有盤子。
Ｂ：嗯，在下面的架子。
Ａ：咦！下面的架子、下面的架子、下面的架子，沒有啊！
Ｂ：啊！不好意思，在上面的架子。
Ａ：啊！找到了！

其它參考對話詳見P152

好好表現一下。參考以上的對話，跟同伴練習下面這些東西都在哪裡呢？

❶ しょう油／醬油　　❷ 塩／鹽巴　　❸ ナイフ／刀子

コップ、カップ、グラス，
傻傻分不清楚？

小杯子，大學問！

知識補給站

「コップ」用法最廣泛，主要是玻璃作的，喝東西的杯子也好、放牙刷的杯子也好，通常都會使用這個字喔！「グラス」是玻璃杯，一般來說沒有把手；而「カップ」則泛指咖啡杯或紅茶杯，其特徵是有把手、杯口較寬。

至於日常生活也很實用的馬克杯，日語就叫「マグカップ」囉！

讀解練習

請閱讀以下短文，試著回答下列問題。

閱讀

昨日、夫が へそくりを 隠しました。居間の 絵の 後ろです。私は ドアの後ろに いました。でも、夫は 知りませんでした。後で 夫の へそくりを 見ました。7万円も ありました。全部 取りました。私にも へそくりが あります。場所は 秘密です。

❶ 昨日、誰が へそくりを 隠しましたか。
①「私」　　②夫
③「私」と 夫　④「私」では ありません。夫でも ありません。

❷ 今、どこに 誰の へそくりが ありますか。
①居間に 夫の へそくりが あります。
②ドアの 後ろに 「私」の へそくりが あります。
③秘密の 場所に 「私」の へそくりが あります。
④居間に 夫の へそくりが あります。秘密の 場所に 「私」の へそくりが あります。

　　昨天，我先生把私房錢藏到了客廳那幅畫的後面。我當時正在門的後面，但他絲毫沒有查覺。後來，我看到了先生的私房錢，竟然有七萬，我全部拿走了。我也有藏私房錢，藏的地點是秘密了。

❶ 昨天，誰把私房錢藏了起來？
①「我」　②先生　③「我」跟先生　④不是「我」，也不是先生

❷ 現在，哪裡有誰的私房錢呢？
①客廳有先生的私房錢。
②門的後面有我的私房錢。
③秘密的地點有「我」的私房錢。
④客廳有先生的私房錢，秘密的地點有「我」的私房錢。

解答：❶：2，❷：3

❋ 身邊物

□ 鞄 (かばん)
（皮包，提包）

□ 帽子 (ぼうし)
（帽子）

□ ネクタイ【necktie】
（領帶）

□ ハンカチ【handkerchief】
（手帕）

□ 眼鏡 (めがね)
（眼鏡）

□ 財布 (さいふ)
（錢包）

□ 煙草 (たばこ)
（香煙）

□ 灰皿 (はいざら)
（煙灰缸）

□ マッチ【match】
（火柴；火材盒）

□ スリッパ【slipper】
（拖鞋）

□ 靴 (くつ)
（鞋子）

□ 靴下 (くつした)
（襪子）

□ 箱 (はこ)
（盒子，箱子）

❋ 調味料

□ バター【butter】
（奶油）

□ 醬油 (しょうゆ)
（醬油）

□ 塩 (しお)
（鹽，食鹽；鹹度）

□ 砂糖 (さとう)
（砂糖）

❋ 餐具

□ スプーン【spoon】
（湯匙）

□ フォーク【fork】
（叉子，餐叉）

□ ナイフ【knife】
（刀子，餐刀）

□ 箸 (はし)
（筷子，箸）

□ お皿 (さら)
（盤子）

□ 茶碗 (ちゃわん)
（茶杯，飯碗）

□ グラス【glass】
（玻璃杯）

□ コップ【(荷) kop】
（玻璃杯，茶杯）

□ カップ【cup】
（有把）茶杯

❋ 方向位置

□ 東 (ひがし)
（東，東方，東邊）

□ 西 (にし)
（西，西邊，西方）

□ 南 (みなみ)
（南，南方，南邊）

□ 北 (きた)
（北，北方，北邊）

□ 上 (うえ)
（〈位置〉上面，上部）

□ 下 (した)
（〈位置的〉下，下面，底下；年紀小）

□ 左 (ひだり)
（左，左邊）

□ 右 (みぎ)
（右，右側，右邊，右方）

□ 外 (そと)
（外面，外邊；戶外）

□ 中 (なか)
（裡面，內部）

□ 前 (まえ)
（〈空間的〉前，前面）

□ 後ろ (うし)
（後面；背面，背地裡）

□ 向こう (む)
（對面，正對面；另一側；那邊）

✿休閒

□ 店
みせ
（商店，攤子）

□ レストラン
【(法) restaurant】
（西餐廳）

□ 八百屋
やおや
（蔬果店，菜舖）

□ 公園
こうえん
（公園）

□ 映画館
えいがかん
（電影院）

□ ホテル【hotel】
（〈西式〉飯店，旅館）

□ 喫茶店
きっさてん
（咖啡店）

✿場所

□ 病院
びょういん
（醫院）

□ デパート
【department store】
（百貨公司）

□ 大使館
たいしかん
（大使館）

□ 銀行
ぎんこう
（銀行）

□ 建物
たてもの
（建築物，房屋）

□ 郵便局
ゆうびんきょく
（郵局）

MEMO

圖解場所指示詞

基本文的「什麼的」語順是「主語＋述語」。它是沒有補語的，而主語的助詞也只有「は」而已。也就是「～は～です」這樣的名詞句。

▼ 主語是名詞

1 太郎は。

太郎。（主語的助詞只有「は」）

2 太郎は　　　　学生です。

太郎是學生。

▼ 主語是場所指示詞

1 ここは。

這裡。（主語的助詞只有「は」）

2 ここは　　　　東京です。

這裡是東京。

模擬考題

一 文字、語彙問題

もんだい1 _____の ことばは ひらがな、カタカナや かんじで どう かきますか。
1・2・3・4から いちばん いいものを ひとつ えらんで ください。

_____ ❶ ゆうびんきょくの まえの 建物は ぎんこうです。
　　1　たちもつ　　　　2　たったもの　　　　3　たてもつ　　　　4　たてもの

_____ ❷ コピーの あとで 銀行に いきます。
　　1　ぎんこ　　　　2　きんこう　　　　3　ぎんこう　　　　4　ぎんごう

_____ ❸ せんしゅう 東の まちには たくさんの かんこうきゃくが きました。
　　1　ひかち　　　　2　びがし　　　　3　ひかし　　　　4　ひがし

_____ ❹ わたしの かれは いちばん 左に います。
　　1　ぴったり　　　　2　ぴたり　　　　3　びたり　　　　4　ひだり

_____ ❺ くつしたは ひきだしの なかに あります。
　　1　靴下　　　　2　鞍下　　　　3　鞄下　　　　4　鞅下

_____ ❻ はなの えの はんかちが いいです。
　　1　ハソカテ　　　　2　ハシカチ　　　　3　ハンカチ　　　　4　ハソカチ

_____ ❼ すみません。 ばたーは いりません。
　　1　ベクー　　　　2　ベター　　　　3　バター　　　　4　バクー

もんだい2 _____の ぶんと だいたい おなじ いみの ぶんが あります。
1・2・3・4から いちばん いいものを ひとつ えらんで ください。

_____ ❶ あそこは やおやです。
　　1　あの みせには ほんや ざっしが あります。
　　2　あの みせには やさいや くだものが あります。
　　3　あの みせには ようふくや くつが あります。
　　4　あの みせには コーヒーや こうちゃが あります。

_____ ❷ やまもとさんは げんかんに います。
　　1　やまもとさんは となりの へやに います。

9

上
？
下
？
左
？
右
？
東
西
在
哪
裡
呢
？

2　やまもとさんは　まどの　したに　います。

3　やまもとさんは　がっこうの　ろうかに　います。

4　やまもとさんは　いえの　いりぐちに　います。

文法問題 ❀

もんだい１　（　　　）に　なにを　いれますか。１・２・３・４から　いちばん　いいものを　ひとつ　えらんで　ください。

_____ ❶　わたしの　クラスには　りゅうがくせい（　　）　二人　います。

　　　　　　１　で　　　　　　　　２　を　　　　　　　　３　に　　　　　　　　４　が

_____ ❷　本だなに　中国語の　本と　日本語の　本（　　　）　あります

　　　　　　１　を　　　　　　　　２　が　　　　　　　　３　で　　　　　　　　４　に

_____ ❸　もしもし、田中さん。いま　どこ（　　　）　いますか。

　　　　　　１　を　　　　　　　　２　が　　　　　　　　３　で　　　　　　　　４　に

_____ ❹　はなやの　まえに　こうえんが　（　　　　）。

　　　　　　１　きます　　　　　　２　します　　　　　３　います　　　　　４　あります

_____ ❺　А「かびんは　どこ（　　　）　ありますか。」

　　　　　　В「はこ（　　　）　なかです。」

　　　　　　１　の／に　　　　　　２　が／の　　　　　３　に／の　　　　　４　は／の

_____ ❻　А「きょうしつの　まえに　だれ（　　　）　いますか。」

　　　　　　В「はなこ（　　　）います。」

　　　　　　１　が／か　　　　　　２　か／が　　　　　３　か／か　　　　　４　は／は

もんだい２　___★___に　いれる　ものは　どれですか。１・２・３・４から　いちばん　いいものを　ひとつ　えらんで　ください。

_____ ❶　А「中山先生_____　_____　_★_　_____か。」

　　　　　　В「すみません、分かりません。」

　　　　　　１　います　　　　　　２　どちら　　　　　３　に　　　　　　　　４　は

_____ ❷　西山「あしたは　いえに　いますか。」

　　　　　　中山「ひるは　_____　_____、_★_　_____　います。」

　　　　　　１　よる　　　　　　　２　は　　　　　　　３　が　　　　　　　　４　いません

分享你看到的事物的樣子吧！

それはどんなバッグですか。

 10.1 看圖記單字　絵を見て覚えよう

聽聽看！再大聲唸出來

顏色

❶ あか　赤い／紅色

❷ あお　青い／藍色

❸ しろ　白い／白色

❹ くろ　黒い／黑色

❺ オレンジ／橘色

❻ きいろ　黄色い／黃色

❼ むらさき　紫／紫色

❽ みどり　緑／綠色

❾ ピンク／粉紅色

❿ ちゃいろ　茶色／茶色

形狀

⓫ まる・えんけい　丸い・円形／圓的；圓形

⓬ さんかくけい　三角形／三角形

⓭ しかく・しかくけい　四角い・四角形／四角的；四角形

⓮ ちょうほうけい　長方形／長方形

靈活應用
応用編

🎧 10.2 迷糊的小凜昨天不小心把東西忘在公車上了，她急忙打電話詢問。
東西掉了該怎麼辦？參考下方對話，跟同伴練習一下吧！

站務員	はい、東京都交通局です。
小凜	もしもし、昨日 バスで 新宿に 行きました❶が、バッグを 忘れました。
站務員	忘れ物ですか。それは どんな バッグですか❷。
小凜	ピンクの バッグです。とても 新しいです❸。
站務員	大きいですか。
小凜	いいえ、大きく ありません❹。でも、あまり 小さくも ありません❺。
站務員	中に 何が❻ ありますか。
小凜	黒い 財布❼です。
站務員	黒い 財布ですね。ほかには。
小凜	あっ、鍵も❽ ありました。
站務員	それだけ❾ですか。
小凜	はい。ほかの ものは 何も ありません❿。

站務員：東京都交通局，您好。
小凜　：喂？我昨天搭巴士去了新宿，把包包忘在車上了。
站務員：您遺失物品了哦。請問是什麼樣的包包呢？
小凜　：粉紅色的包包，還是新的。
站務員：請問是大包包嗎？
小凜　：不是，不太大，但是也不太小。
站務員：裡面有什麼東西呢？
小凜　：黑色的錢包。
站務員：有黑色的錢包哦。其他還有什麼呢？
小凜　：啊，還有鑰匙！
站務員：只有這些嗎？
小凜　：對。沒有其他的東西了。

文法重點提要

❶ [道具]で[動詞]
❷ [名詞]はどんな[名詞]ですか
❸ とても；
　　[形容詞]です
❹ [い形容詞]くありません（くないです））／
　　[な形容詞]ではありません（じゃありません
❺ あまり～ません
❻ [疑問詞]が
❼ [形容詞] [名詞] （連体修飾）
❽ [名詞]も （並列／重複）
❾ [名詞]だけ
❿ なにも／どこも[動詞否定]

詳細解說請見下頁

根據調查，最容易掉在車上的，有下面這些東西。

❶ 財布／錢包

❷ 鍵／鑰匙

❸ 腕時計／手錶

❹ 新聞／報紙

❺ かさ／傘

❻ コート／大衣

❼ めがね／眼鏡

❽ 手袋／手套

❾ かばん／包包

❿ アタッシュ ケース／公事包

文法重點說明

❶ 昨日　バスで　新宿に　行きましたが…（我昨天搭巴士去了新宿…）

「[道具] で [動詞]」表示用的交通工具，可譯作「乘坐…」；動作的方法、手段，可譯作「用…」。

➡ トニーさんは　箸で　ご飯を　食べます。（東尼先生用筷子吃飯。）
➡ 弟は　英語で　手紙を　書きます。（弟弟用英語寫信。）

❷ それは　どんな　バッグですか。（請問是什麼樣的皮包呢？）

「[名詞] はどんな [名詞] ですか」。「どんな」後接名詞，用在詢問事物的種類、內容。可譯作「什麼樣的」。

➡ 国語の　先生は　どんな　先生ですか。（國文老師是怎麼樣的老師？）
➡ それは　どんな　映画ですか。（那是什麼樣的電影？）

❸ とても　新しいです。（還是新的。）

「とても」（非常）是表示程度的副詞。

➡ この　ケーキは　とても　おいしいです。（這蛋糕很好吃。）

「[形容詞] です」分成い形容詞與な形容詞。な形容詞具有形容詞和動詞的雙重性格，它的意義和作用跟形容詞完全相同。只是な形容詞的詞尾是「だ」。還有な形容詞連接名詞時，要將詞尾「だ」變成「な」，又叫「形容動詞」。另外，這裡な形容詞在現在肯定式中的「です」，是詞尾「だ」的敬體。

而い形容詞是說明客觀事物的性質、狀態或主觀感情、感覺的詞。形容詞的詞尾是「い」，「い」的前面是詞幹。い形容詞主要是由名詞或具有名性質的詞加「い」或「しい」構成的。例如：「赤い」（紅的）、「楽しい」（快樂的）。

➡ 花子の　部屋は　きれいです。（花子的房間很漂亮。）
➡ ここは　緑が　多いです。（這裡綠意盎然。）

❹ いいえ、大きく　ありません。（不是，不太大。）

「[い形容詞] くありません（くないです）」。い形容詞的否定式是將詞尾「い」轉變成「く」，然後再加上「ない」或「ありません」。後面加上「です」是敬體，是有禮貌的表現。い形容詞變化如下：

	詞幹	詞尾	現在肯定	現在否定
青い	青	い	青い	青くない
青い	青	い	青いです	青くないです
				青くありません

➡ この　テストは　難<ruby>難<rt>むずか</rt></ruby>しく　ないです。（這場考試不難。）

「[な形容詞] ではありません（ではないです）」。な形容詞否定式是把詞尾「だ」變成「で」，然後中間插入「は」，最後加上「ない」或「ありません」。「ではない」後面再接「です」就成了有禮貌的敬體了。「では」的口語說法是「じゃ」。な形容詞變化如下：

	詞幹	詞尾	現在肯定	現在否定
静かだ	静か	だ	静かだ	静かではない
静かです	静か	です	静かです	静かではないです
				静かではありません

➡ この　ホテルは　有名<ruby>有名<rt>ゆうめい</rt></ruby>では　ありません。（這間飯店沒有名氣。）

❺ でも、あまり　小<ruby>小<rt>ちい</rt></ruby>さくも　ありません。（但是也不太小。）

「あまり～ません」。「あまり」下接否定的形式，表示程度不特別高，數量不特別多。在口語中加強語氣說成「あんまり」。可譯作「（不）很」、「（不）怎樣」、「沒多少」。

➡ この　お酒<ruby>酒<rt>さけ</rt></ruby>は　あまり　高<ruby>高<rt>たか</rt></ruby>く　ありません。（這酒不怎麼貴。）
➡ この　人<ruby>人<rt>ひと</rt></ruby>は　あまり　好<ruby>好<rt>す</rt></ruby>きでは　ありません。（這人我不大喜歡。）

❻ 中<ruby>中<rt>なか</rt></ruby>に　何<ruby>何<rt>なに</rt></ruby>が　ありますか。（裡面有什麼東西呢？）

「[疑問詞] が」，「が」也可以當作疑問詞的主語。

➡ どっちが　速<ruby>速<rt>はや</rt></ruby>いですか。（哪一邊比較快呢？）
➡ 誰<ruby>誰<rt>だれ</rt></ruby>が　来<ruby>来<rt>き</rt></ruby>ましたか。（誰來了？）

❼ 黒<ruby>黒<rt>くろ</rt></ruby>い　財布<ruby>財布<rt>さいふ</rt></ruby>です。（黑色的錢包。）

「[形容詞] [名詞]」。若是な形容詞要後接名詞，要把詞尾「だ」改成「な」，再接上名詞。這樣就可以修飾後面的名詞了。如「元気な子」（活蹦亂跳的小孩）、「きれいな人」（美麗的人）。

而い形容詞要修飾名詞，就是把名詞直接放在形容詞後面。要注意喔！因為日語形容詞本身就有「…的」之意，所以不要再加「の」了喔！

➡ きれいな　コートですね。（好漂亮的大衣呢。）
➡ 小<ruby>小<rt>ちい</rt></ruby>さい　家<ruby>家<rt>いえ</rt></ruby>を　買<ruby>買<rt>か</rt></ruby>いました。（買了棟小房子。）

❽ 鍵も　ありました。（還有鑰匙！）

「[名詞] も」表示同性質的東西並列或列舉。可譯作「…也…」、「都…」。

➡ 雑誌も　本も　あります。（有雜誌也有書。）

➡ 猫も　犬も　います。（有貓也有狗。）

隔壁的頑皮貓跟乖乖狗都在呢！用日文要怎麼說呢？

用「も～も」（…和…都）來並列出同性質的東西，也就是「有貓和狗兩隻動物」。

も

❾ それだけですか。（只有這些嗎？）

「[名詞] だけ」表示只限於某範圍，除此以外沒有別的了。可譯作「只」、「僅僅」。

➡ お弁当は　1つだけ　買います。（只買一個便當。）

➡ 学生は　一人だけ　います。（只有一個學生。）

❿ ほかの　ものは　何も　ありません。（沒有其他的東西了。）

「なにも／どこも [動詞否定]」。「も」上接「なに、だれ、どこへ」等疑問詞，下接否定語，表示全面的否定。可譯作「也(不)…」、「都(不)…」。

➡ 今日は　何も　食べませんでした。（今天什麼也沒吃。）

➡ 昨日は　誰も　来ませんでした。（昨天沒有任何人來。）

➡ きれいな　コートですね。（好漂亮的大衣呢。）

➡ 小さい　家を　買いました。（買了棟小房子。）

對話練習ア
話してみよう

如果您想來一場夏日風情的微旅行，享受陽光與海洋的沐浴，相信沖繩會是個不錯的選擇喔！

日本旅遊報導

🎧 10.3 參考圖1對話，跟同伴形容一下2跟3的地方。

おきなわ
沖縄
／沖繩

きれい（な）／にぎやか（な）／静か（な）
美麗／熱鬧／安靜

1 對話

Ⓐ 沖縄は　どんな　ところですか。

Ⓑ とても　きれいな　ところです。

Ⓐ そうですか。にぎやかな　ところですか。

Ⓑ いいえ、あまり　にぎやかではありません。静かです。

A：沖繩是什麼樣的地方？
B：是個非常美麗的地方。
A：這樣啊！是熱鬧的地方嗎？
B：不，不太熱鬧，很安靜。

其它參考對話詳見P153

とうきょう
東京
／東京

おしゃれ（な）／静か（な）／にぎやか（な）
時尚／安靜／熱鬧

優雅（な）／にぎやか（な）／静か（な）
優雅／熱鬧／安靜

きょうと
京都
／京都

聽力練習

10.4 形容哪一張圖呢？請按MP3中１到４的順序，從ア、イ、ウ、エ選項中選出答案，填寫於底線空白處。

❶ ＿＿＿＿

❷ ＿＿＿＿

❸ ＿＿＿＿

❹ ＿＿＿＿

ア	イ	ウ	エ

答案詳見P153

話してみよう

對話練習イ

10.5 參考圖１對話，跟同伴形容一下２到４的這些東西，還有它們的用途。

Ⓐ それは 短いものですか。

Ⓑ いいえ、短く ありません。長いです。

Ⓐ 色は 赤いですか。

Ⓑ はい、そうです。それで 字を 書きます。

A：那是短的東西嗎？
B：不，不短。是長的。
A：顏色是紅色嗎？
B：是的。用那個來寫字。

其它參考對話詳見P153

好好表現一下囉！請拿出自己的東西，參考上面的說法，跟同伴練習。

❶ 鉛筆／鉛筆

❷ 石けん／肥皂

❸ テレビ／電視

❹ ボール／球

読んでみよう
讀解練習

請閱讀以下短文，試著回答下列問題。

閱讀

なぞなぞ： それは、物と　光で　できます。何の　下にも　あ
ります。色は　はっきり　しません。暗いです。形は　いろいろです。
正午ごろは　あまり　大きく　ありませんが、朝　早い時間や　夕
方は　とても　大きいです。何ですか。答え：　影

❶ それは　どんな　ものですか。

　❶ 暗い　ものです。

　❷ 色は　いろいろです。形は　はっきり　しません。

　❸ 色も　形も　いろいろです。

　❹ 何の　上にも　あります。

❷ それは　いつ　大きいですか。

　❶ 正午ごろ

　❷ 朝　早い時間だけ

　❸ 夕方だけ

　❹ 朝　早い時間と　夕方

謎題：那是靠物與光形成的，在任何東西下面都有。顏色並不是很清晰，暗暗的。形狀有很多種，日正當中的時候不太大，但清晨和傍晚則非常大。請問那是什麼呢？答案：影子。

❶ 那是什麼東西呢？

　❶ 暗色的東西。　　　　❷ 顏色有很多種。形狀不是很清晰。

　❸ 顏色跟形狀都很多種。　❹ 在任何東西上面都有。

❷ 那個東西什麼時候很大呢？

　❶ 日正當中的時候　❷ 只有清晨　❸ 只有傍晚　❹ 清晨及傍晚

答案：❶：1　❷：4

✿ 顏色

□ 青い^{あお}
（藍色的；綠的）

□ 白い^{しろ}
（白色的；空白）

□ 赤い^{あか}
（紅色的）

□ 茶色^{ちゃいろ}
（茶色）

□ 黄色い^{きいろ}
（黃色，黃色的）

□ 緑^{みどり}
（綠色）

□ 黒い^{くろ}
（黑色的）

□ 色^{いろ}
（顏色，彩色）

✿ 其他形容詞

□ 暖かい／温かい^{あたた あたた}
（溫暖的，溫和的）

□ 無い^な
（沒，沒有）

□ 危ない^{あぶ}
（危險，不安全）

□ 早い^{はや}
（〈時間等〉迅速）

□ 痛い^{いた}
（疼痛）

□ 丸い／円い^{まる まる}
（圓形，球形）

□ 可愛い^{かわい}
（可愛，討人喜愛）

□ 安い^{やす}
（便宜）

□ 楽しい^{たの}
（快樂，愉快）

□ 若い^{わか}
（年輕，年紀小）

✿ 物品、用具

□ お金^{かね}
（錢，貨幣）

□ ボールペン【ball-point pen】
（原子筆，鋼珠筆）

□ 万年筆^{まんねんひつ}
（鋼筆）

□ コピー【copy】
（拷貝，複製）

□ 字引^{じびき}
（字典，辭典）

□ ペン【pen】
（原子筆，鋼筆）

□ 新聞^{しんぶん}
（報紙）

□ 本^{ほん}
（書，書籍）

□ ノート【notebook】
（筆記本；備忘錄）

□ 鉛筆^{えんぴつ}
（鉛筆）

□ 辞書^{じしょ}
（字典，辭典）

□ 雑誌^{ざっし}
（雜誌，期刊）

□ 紙^{かみ}
（紙）

✿ 相對意思

☐ 熱い
あつ
（〈溫度〉熱的，燙的）

☐ 冷たい
つめ
（冷，涼）

☐ 新しい
あたら
（新的；新鮮的）

☐ 古い
ふる
（以往；老舊）

☐ 厚い
あつ
（厚；〈感情，友情〉深厚）

☐ 薄い
うす
（薄；淡，淺）

☐ 甘い
あま
（甜的）

☐ 辛い／鹹い
から／から
（辣，辛辣）

☐ 良い／良い
い／よ
（好，佳；可以）

☐ 悪い
わる
（不好，壞的）

☐ 忙しい
いそが
（忙，忙碌）

☐ 暇
ひま
（時間，功夫）

☐ 嫌い
きら
（嫌惡，厭惡）

☐ 好き
す
（喜好，愛好；愛）

☐ 美味しい
お い
（美味的，可口的，好吃的）

☐ 不味い
ま ず
（不好吃）

☐ 多い
おお
（多，多的）

☐ 少ない
すく
（少，不多）

☐ 大きい
おお
（大，巨大）

☐ 小さい
ちい
（小的；幼小的）

☐ 重い
おも
（重，沉重）

☐ 軽い
かる
（輕的，輕巧的）

☐ 面白い
おもしろ
（好玩，有趣）

☐ つまらない
（無趣，沒意思）

☐ 汚い
きたな
（骯髒）

☐ 綺麗
き れい
（漂亮；整潔）

☐ 静か
しず
（靜止；平靜）

☐ 賑やか
にぎ
（熱鬧，繁華）

☐ 上手
じょう ず
（〈某種技術等〉擅長，高明）

☐ 下手
へ た
（〈技術等〉不高明，不擅長）

☐ 狭い
せま
（狹窄，狹小）

☐ 広い
ひろ
（〈面積，空間〉廣大，寬廣）

☐ 高い
たか
（〈價錢〉貴；高的）

☐ 低い
ひく
（低，矮）

☐ 近い
ちか
（〈距離，時間〉近，接近）

☐ 遠い
とお
（〈距離〉遠）

☐ 強い
つよ
（強悍，有力）

☐ 弱い
よわ
（弱的，不擅長）

☐ 長い
なが
（〈時間、距離〉長）

☐ 短い
みじか
（〈時間〉短少；〈長度等〉短）

☐ 太い
ふと
（粗，肥胖）

☐ 細い
ほそ
（細小；狹窄）

☐ 難しい
むずか
（難，困難）

☐ やさしい
（簡單，容易）

☐ 明るい
あか
（明亮，光明的）

☐ 暗い
くら
（〈光線〉暗，黑暗）

☐ 速い
はや
（〈速度等〉快速）

☐ 遅い
おそ
（〈速度上〉遲緩；〈時間上〉晚）

✿ 其他形容動詞

☐ 嫌
いや
（討厭，不喜歡）

☐ 色々
いろいろ
（各種各樣）

☐ 同じ
おな
（相同的）

☐ 結構
けっこう
（很好，漂亮）

☐ 元気
げん き
（精神，朝氣）

☐ 丈夫
じょう ぶ
（〈身體〉健康；堅固）

☐ 大丈夫
だいじょう ぶ
（沒問題，沒關係）

☐ 大好き
だい す
（非常喜歡，最喜好）

☐ 大切
たいせつ
（重要；心愛）

☐ 大変
たいへん
（重大，不得了）

☐ 便利
べん り
（方便，便利）

☐ 本当
ほんとう
（真正）

☐ 有名
ゆうめい
（有名，聞名）

☐ 立派
りっ ぱ
（了不起，優秀）

文字、語彙問題

> もんだい1 ＿＿＿の ことばは ひらがな、カタカナや かんじで どう かきますか。
> 1・2・3・4から いちばん いいものを ひとつ えらんで ください。

＿＿＿ ① おちゃは 茶色では ありません。みどりいろです。
    1 ちいろ   2 ちゃいろ   3 ちやいろ   4 ちっしょく

＿＿＿ ② あたらしい 万年筆で にっきを かきます。
    1 まんえんひつ   2 まんねんふで   3 まんねんびつ   4 まんねんひつ

＿＿＿ ③ ドイツごの じゅぎょうは とても 難しいです。
    1 むすかしい   2 むづがしい   3 むじかしい   4 むずかしい

＿＿＿ ④ この おちゃは あついです。
    1 厚い   2 暑い   3 熱い   4 温い

＿＿＿ ⑤ すみません、もくようびの しんぶんが ありますか。
    1 新聞   2 報紙   3 新聞   4 新文

＿＿＿ ⑥ あたらしい のーとに じぶんの なまえを かきました。
    1 スート   2 ヌート   3 ンート   4 ノート

> もんだい2 ＿＿＿の ぶんと だいたい おなじ いみの ぶんが あります。
> 1・2・3・4から いちばん いいものを ひとつ えらんで ください。

＿＿＿ ① あしたの あさは いそがしいですが、ひるからは ひまです。
    1 あしたは ごぜんも ごごも じかんが あります。
    2 あしたは ごぜんも ごごも じかんが ありません。
    3 あしたの ごぜんは じかんが ありますが、ごごは じかんが ありません。
    4 あしたの ごぜんは じかんが ありませんが、ごごは じかんが あります。

＿＿＿ ② この かわの みずは きたないです。
    1 この かわの みずは きれいでは ありません。
    2 この かわの みずは つめたいです。
    3 この かわの みずは おいしく ありません。
    4 この かわの みずは あたたかいです。

文法問題

もんだい1 （　　　）に　なにを　いれますか。1・2・3・4から　いちばん　いいものを　ひとつ　えらんで　ください。

_____ ① もっと　（　　　　）　こえで　はなします。

　　　 1　おおきいです　　　2　おおきく　　　　　3　おおきい　　　　　4　おおきいの

_____ ② ジョンさん（　　　　）　アンナさん（　　　　）　アメリカ人です。

　　　 1　と／と　　　　　　2　も／も　　　　　　3　か／か　　　　　　4　は／は

_____ ③ 田中は　べんきょうして　（　　　　）　いしゃに　なりました。

　　　 1　まっすぐな　　　　2　きれいな　　　　　3　りっぱな　　　　　4　だいじょうぶな

_____ ④ A「きのう　デパートで　何を　買いましたか。」

　　　　 B「きのうは　（　　　）　買いませんでした。」

　　　 1　何か　　　　　　　2　何を　　　　　　　3　何も　　　　　　　4　何が

_____ ⑤ れいぞうこに　ケーキが　1つ（　　　　）　あります。

　　　 1　だけ　　　　　　　2　しか　　　　　　　3　など　　　　　　　4　から

_____ ⑥ A「きのうの　えいがは　どうでしたか。」

　　　　 B「あまり　（　　　　）。」

　　　 1　おもしろいです　　　　　　　　　　　2　おもしろかったです

　　　 3　おもしろくないです　　　　　　　　　4　おもしろく　なかったです

_____ ⑦ A「あたらしい　いえは　どうですか。」

　　　　 B「あたらしい　いえは　えきの　ちかくです。とても　（　　　）です。」

　　　 1　べんり　　　　　　2　ひま　　　　　　　3　じょうず　　　　　4　いろいろ

もんだい2 ＿＿★＿＿に　いれる　ものは　どれですか。1・2・3・4から　いちばん　いいものを　ひとつ　えらんで　ください。

_____ ① A「ここ　_____　_____　_★_　_____　で　かきます。」

　　　　 B「わかりました。」

　　　 1　名前　　　　　　　2　に　　　　　　　　3　えんぴつ　　　　　4　を

_____ ② A「きの　うえ　_____　_____　_★_　_____　いますよ。」

　　　　 B「きれいな　こえですね。」

　　　 1　に　　　　　　　　2　とり　　　　　　　3　が　　　　　　　　4　ちいさい

第 11 課

要不要一起去洗溫泉呢？

王さんもいっしょに行きませんか。

🎧 **11.1** **看圖記單字** 絵を見て覚えよう

聽聽看！再大聲唸出來

練習しよう

① やま 山／山

2 うみ 海／海

3 かわ 川／河川

④ みずうみ 湖／湖

⑤ たき 滝／瀑布

6 た 田んぼ／稲田

7 のはら 野原／原野

⑧ てら お寺／寺廟

⑨ じんじゃ 神社／神社

10 しろ 城／城（堡）

11 にわ 庭／庭院

12 みなと 港／港口

靈活應用
応用編

揪團一同享樂，能夠使友情增溫喔！所以，不管是主揪的那一方，或是被邀請的人，正在學日語的您，千萬不能錯過用日語邀請別人的說法喔！

🎧 11.2 要怎麼用日語邀請別人呢？請參考下面的對話，跟同伴多多練習囉！

（大和）早瀬さんと　ツアーで　遊びに　行きます❶。王さんも　いっしょに　行きませんか❷。

（王玲）何の　ツアーですか。

（大和）スキーの　ツアーです。仙台駅前から　出発します。

（王玲）いいですね。いつですか。

（大和）今週の　週末です。土曜日が　いいですか、日曜日が　いいですか❸。時間は、10時ぐらい❹ です。

（王玲）あっ、土曜日は　ちょっと…。

（大和）では、日曜日は　どうですか。

（王玲）日曜日は　オーケーです。

（大和）では、日曜日に　行きましょう。早瀬さんには　僕から❺　言います。

日曜日はオーケーです。

大和：我要和早瀬小姐參加旅行團去玩。王小姐要不要和我們一塊去？
王玲：什麼樣的旅行團呢？
大和：滑雪旅行團。在仙台車站前面集合出發。
王玲：聽起來真不錯。什麼時候呢？
大和：這個週末。星期六比較好？還是星期天比較好呢？時間是十點左右。
王玲：啊，我星期六不太方便……。
大和：那麼，星期天可以嗎？
王玲：星期天我 OK。
大和：那麼，我們星期天一起去吧。早瀬小姐那邊由我跟她說一聲。

文法重點提要

❶ [人・動物]と（いっしょに）[動詞]；
　[目的]に；[動詞ます形]に行きます
❷ [動詞]ませんか
❸ [文章]か、[文章]か（選擇）
❹ [時間]ぐらい／くらい
❺ [起始點（人）]から

詳細解說請見下頁

文法重點說明

❶ 早瀬さんと ツアーで 遊びに 行きます。（我要和早瀨小姐參加旅行團去玩。）

「[人・動物] と（いっしょに）[動詞]」表示一起去做某事的對象。「と」前面是一起動作的人。可譯作「跟…一起」。也可以省略「いっしょに」。

➡ 日曜日は 母と 出かけました。（星期日跟媽媽一起出門了。）

「[目的] に」表示動作、作用的目的、目標。一般用「[動詞ます形] に行きます」這一句型。可譯作「去…」、「到…」。

➡ お酒を 飲みに 行きます。（去喝酒。）

❷ 王さんも いっしょに 行きませんか。（王小姐要不要和我們一塊去？）

「[動詞] ませんか」表示行為、動作是否要做，在尊敬對方抉擇的情況下，有禮貌地勸誘對方，跟自己一起做某事。可譯作「要不要…吧」。

➡ 今晩、食事に 行きませんか。（今晚要不要一起去吃飯？）

❸ 土曜日が いいですか、日曜日が いいですか。

（星期六比較好？還是星期天比較好呢？）

「[文章] か、[文章] か」表示從不確定的兩個事物中，選出一樣來。可譯作「是…，還是…」。

➡ アリさんは インド人ですか、アメリカ人ですか。（阿里先生是印度人？還是美國人？）

➡ ラーメンは おいしいですか、まずいですか。（拉麵好吃？還是難吃？）

❹ 時間は、10時ぐらいです。（時間是10點左右。）

「[時間] ぐらい／くらい」表示時間上的推測、估計。可譯作「大約」、「左右」。

➡ 20分ぐらい 話しました。（聊了20分鐘左右。）

➡ 昨日は 6時間ぐらい 寝ました。（昨天睡了6小時左右。）

❺ 早瀬さんには 僕から 言います。（早瀨小姐那邊由我跟她說一聲。）

「[起始點（人）] から」表示從某對象借東西、從某對象聽來的消息，或從某對象得到東西等。「から」前面就是這某對象。可譯作「從…」、「由…」。

➡ 山田さんから 時計を 借りました。（我向山田先生借了手錶。）

話してみよう
對話練習ア

🎧 11.3　日本整年都有各式各樣的慶典，很值得去的喔！請參考圖 1 對話，然後跟同伴練習圖 2 到 7。

Ⓐ 京都（きょうと）で、祇園祭（ぎおんまつり）が　あります。　いっしょに　行（い）きませんか。

Ⓑ 祇園祭（ぎおんまつり）ですか。いいですね。いつですか。

Ⓐ 7月（しちがつ）1日（ついたち）です。

Ⓑ それなら、大丈夫（だいじょうぶ）です。

A：在京都有祇園祭，要不要一起去看？
B：祇園祭啊！真不錯，什麼時候？
A：7月1日。
B：那沒問題。

其它參考對話詳見P153

②
秋田（あきた）／竿灯祭（かんとうまつり）／8月3日（はちがつみっか）

③
札幌（さっぽろ）／雪祭り（ゆきまつり）／2月1日（にがつついたち）

⑦
青森（あおもり）／ねぶた祭（まつり）／8月1日（はちがつついたち）

①
京都（きょうと）／祇園祭（ぎおんまつり）／7月1日（しちがつついたち）

您想去什麼地方呢？
參考上面的對話，跟同伴好好練習喔！

⑥
仙台（せんだい）／七夕祭り（たなばたまつり）／8月6日（はちがつむいか）

④
徳島（とくしま）／阿波踊り（あわおどり）／8月12日（はちがつじゅうににち）

⑤
東京（とうきょう）／神田祭（かんだまつり）／5月14日（ごがつじゅうよっか）

休みの日は何をしますか

假日去哪裡？

您假日都去哪裡呢？下面有的話請在對話框內打勾。

- [ ] ショッピング／購物
- [ ] カラオケ／KTV，卡拉OK
- [ ] 旅行（りょこう）／旅行
- [ ] デート／約會
- [ ] 自転車（じてんしゃ）／腳踏車

休閒園區　站

- [ ] 散歩（さんぽ）／散步
- [ ] 温泉（おんせん）／溫泉
- [ ] プール／泳池
- [ ] 喫茶店（きっさてん）／咖啡店
- [ ] 映画（えいが）／電影
- [ ] パーティー／派對

對話練習イ

話してみよう

🎧 **11.4** 接受邀請的說法。請參考圖 1 對話，然後跟同伴練習圖 2 和 3。

Ⓐ いっしょに 温泉に 行きませんか。

Ⓑ ああ、温泉ですか、いいですね。

Ⓐ 土曜日は どうですか。

Ⓑ 土曜日ね、オーケー。楽しみに して います。

A：要不要一起去洗溫泉？

B：啊！溫泉！好啊！

A：星期六如何？

B：星期六，OK。真叫人期待。

其它參考對話詳見P154

1 温泉／土曜日
温泉／星期六

しあわせ温泉

雙人優惠票券

2

テニスを します／日曜日
打網球／星期日

NOTE

3

映画を 見ます／金曜日の 夜
看電影／星期五晚上

NOTE

金鑽影城
DIAMOND

5樓 8廳

片名 おはよう 東京

時間 2020/8/8 19:30(五)

座位 8 排 15 號

票價 270

放映日期 2020/08/08
NO. L123456789

對話練習ウ

話してみよう

11.5 拒絕邀請的說法。請參考圖1對話，然後跟同伴練習圖2的部份。

Ⓐ 花子さん、ちょっと、いっしょに 食事を しませんか。

Ⓑ ああ、すみません、今日は ちょっと…。

Ⓐ 水泳の 練習ですか。それとも ピアノの レッスンですか。

Ⓑ いいえ、今日は 妹と 映画を 見に 行きます。

食事を します（吃飯）
水泳の 練習／ピアノの レッスン（游泳練習／鋼琴課）
妹と 映画を 見ます（跟妹妹看電影）

A：花子，要不要一起去吃個飯？
B：啊！很抱歉，今天有點不方便…。
A：要練習游泳？還是上鋼琴課？
B：不是啦！我今天要和妹妹去看電影啦！

其它參考對話詳見P154

你也練習看看！

カラオケで 歌います
（到 KTV 唱歌）
残業／買い物
（加班／購物）
彼と ライブを 見ます
（跟男朋友看演唱會）

NOTE

書いてみよう

造句練習

這些句子都亂了,請把它們按照順序排好。

❶ に しません か いっしょ を 食事(しょくじ)

---

❷ か か 練習(れんしゅう) ピアノ です の の 水泳(すいえい) レッスン です それとも

---

❸ で あります 青森(あおもり) ねぶた祭(まつり) が

答案詳見P154

讀解練習

請閱讀以下短文，試著回答下列問題。

閱讀

今度、うちの　会社の　食堂へ　食事に　来ませんか。定食が　好きですか、それとも　ラーメンが　好きですか。両方あります。私は、いつも　同僚と　定食を　食べます。とても　おいしいですよ。値段も　安いです。でも、同僚から、ラーメンもおいしいと　聞きました。だから、明日は　ラーメンを　食べに　行きます。

❶ この　人は　会社の　食堂で　何を　食べますか。

　❶ いつも　定食を　食べます。明日も　定食を　食べます。

　❷ いつも　定食を　食べますが、明日は　ラーメンを　食べます。

　❸ いつも　ラーメンを　食べます。明日も　ラーメンを　食べます。

　❹ いつもは　ラーメンを　食べますが、明日は　定食を　食べます。

❷ ただしい　ものは　どれですか。

　❶ 会社の　食堂の　定食は　安いです。そして、おいしいです。

　❷ 会社の　食堂の　定食は　安いです。でも、おいしくありません。

　❸ 会社の　食堂の　定食は　高いです。でも、おいしいです。

　❹ 会社の　食堂の　定食は　高いです。そして、おいしくありません。

下次要不要來我們公司的員工餐廳用餐呢？您喜歡定食，還是偏好拉麵呢？這兩樣都有。我經常和同事一起來吃定食，非常好吃喔！價錢也很便宜。不過，聽同事說，拉麵也很好吃。所以，我明天要去吃拉麵。

❶ 這個人在公司的員工餐廳都吃什麼呢？
　❶ 經常吃定食。明天也要吃定食。　❷ 雖然經常吃定食，但明天要吃拉麵。
　❸ 經常吃拉麵。明天也要吃拉麵。　❹ 雖然經常吃拉麵，但明天要吃定食。

❷ 下列何者是正確的呢？
　❶ 公司員工餐廳的定食很便宜。而且，很好吃。
　❷ 公司員工餐廳的定食很便宜。但是，不好吃。
　❸ 公司員工餐廳的定食很貴。但是，很好吃。
　❹ 公司員工餐廳的定食很貴。而且，不好吃。

答案：❶ 2 、❷ 1

❀ 剛上完一課，快來進行單字總復習！

✿ 大自然

□ 空
^{そら}
（天空，空中）

□ 山
^{やま}
（山；一大堆）

□ 川／河
^{かわ} ^{かわ}
（河川，河流）

□ 海
^{うみ}
（海，海洋）

□ 岩
^{いわ}
（岩石）

□ 木
^き
（樹木；木材）

□ 鳥
^{とり}
（鳥；雞）

□ 犬
^{いぬ}
（狗）

□ 猫
^{ねこ}
（貓）

□ 花
^{はな}
（花）

□ 魚
^{さかな}
（魚）

□ 動物
^{どうぶつ}
（動物）

もんだい1 ＿＿＿の ことばは ひらがな、カタカナや かんじで どう かきますか。
1・2・3・4から いちばん いいものを ひとつ えらんで ください。

＿＿＿ ① これから 魚を かいに いきます。
　　　　1　ざかな　　　　2　さかな　　　　3　さっかな　　　　4　ざっかな

＿＿＿ ② なつやすみに こどもと 動物えんに いくのを たのしみに しています。
　　　　1　どうふつ　　　　2　どうぶち　　　　3　どうぶつ　　　　4　とうぶつ

＿＿＿ ③ この 山には さくらの きが たくさん あります。
　　　　1　うみ　　　　2　まち　　　　3　やま　　　　4　かわ

＿＿＿ ④ にしの そらが あかいです。
　　　　1　宮　　　　2　空　　　　3　宝　　　　4　実

＿＿＿ ⑤ わたしの いぬは あしが しろいです。
　　　　1　魚　　　　2　鳥　　　　3　猫　　　　4　犬

＿＿＿ ⑥ この いわは おもいです。
　　　　1　岩　　　　2　石　　　　3　椅子　　　　4　机

もんだい2 ＿＿＿の ぶんと だいたい おなじ いみの ぶんが あります。
1・2・3・4から いちばん いいものを ひとつ えらんで ください。

＿＿＿ ① あそこに ペットが います。
　　　　1　あそこに いぬや ねこなどが います。
　　　　2　あそこに りんごや バナナなどが います。
　　　　3　あそこに コーヒーや こうちゃなどが います。
　　　　4　あそこに シャツや ズボンなどが います。

＿＿＿ ② せんげつ はなこさんは たろうさんと けっこんしました。
　　　　1　いま はなこさんは たろうさんの おかあさんです。
　　　　2　いま はなこさんは たろうさんの おねえさんです。
　　　　3　いま はなこさんは たろうさんの おくさんです。
　　　　4　いま はなこさんは たろうさんの おばさんです。

もんだい1 （　　　）に　なにを　いれますか。1・2・3・4から　いちばん　いいものを　ひとつ　えらんで　ください。

_____ ① 西田「大原さんは　きのう　何を　しましたか。」
大原「きのうは　デパートへ　買いもの（　　　）　行きました。
1　に　　　　　　　2　で　　　　　　　3　が　　　　　　　4　を

_____ ② A「なつやすみに　友だち（　　　）　いっしょに　うみへ　行きました。」
B「それは　よかったですね。」
1　で　　　　　　　2　は　　　　　　　3　へ　　　　　　　4　と

_____ ③ A「てんきが　いいです。こうえんへ　（　　　　　）ませんか。」
B「いいですね。」
1　いき　　　　　　2　いく　　　　　　3　いった　　　　　4　いって

_____ ④ きのう　東京の　あね（　　　）　てがみが　来ました。
1　を　　　　　　　2　と　　　　　　　3　まで　　　　　　4　から

_____ ⑤ あしたの　よる　じかんが　ある（　　）　ない（　　）　まだ　わかりません。
1　と／と　　　　　2　も／も　　　　　3　か／か　　　　　4　や／や

_____ ⑥ けさは、30分 _____ バスに　乗りました。
1　まで　　　　　　2　でも　　　　　　3　ごろ　　　　　　4　ぐらい

もんだい2 _____★_____に　いれる　ものは　どれですか。1・2・3・4から　いちばん　いいものを　ひとつ　えらんで　ください。

_____ ① 田中「こんやは　何を　しますか。」
山田「かのじょ _____ _____ ★ _____ をみに　いきます。」
1　えいが　　　　　2　に　　　　　　　3　と　　　　　　　4　いっしょ

_____ ② 山川「あした　パーティーが　ありますよ。_____ _____ ★_____
_____。」
石田「すみません。あしたは　ちょっと…。」
1　石田さん　　　　2　か　　　　　　　3　行きません　　　4　も

參考對話／翻譯／解答

第 1 課

看圖記單字

① カナダ／加拿大

② イギリス／英國

③ ドイツ／德國

自我介紹聽寫練習

① 私は林志明です。台湾から 来ました。どうぞ よろしく お願いします。

／我是林志明。我來自台灣。請多指教。

② リンダ・ミラーです。イギリスから 来ました。よろしく お願いします。

／我是琳達米勒。我來自英國。請多指教。

③ 青木明です。日本から 来ました。よろしく お願いします。

／我是青木明。我來自日本。請多指教。

認識大家

答案 A-4、B-2、C-1、D-3

Ⓐ A：王玲さんは 中国人ですか。

／王玲小姐是中國人嗎？

B：はい。中国の 北京から 来ました。

／是的。我來自中國的北京。

A：私は 日本の 東京から 来ました。

／我來自日本的東京。

Ⓑ A：カナさんは アフリカ人ですか。

／加納先生是非洲人嗎？

B：はい。アフリカの ケニアから 来ました。

／是的。我來自非洲的肯亞。

A：私は アメリカの ニューヨークから 来ました。

／我來自美國的紐約。

Ⓒ A：スミスさんは アメリカ人ですか。

／史密斯先生是美國人嗎？

B：はい。アメリカの ニューヨークから 来ました。

／是的。我來自美國的紐約。

A：私は 中国の 北京から 来ました。

／我來自中國的北京。

Ⓓ A：山田さんは 日本人ですか。

／山田小姐是日本人嗎？

B：はい。日本の 東京から 来ました。

／是的。我來自日本的東京。

A：私は アフリカの ケニアから 来ました。

／我來自非洲的肯亞。

第 2 課

認識新朋友

① お名前は？ 佐藤ゆりです。

／您的大名是？ 我叫佐藤百合。

② お国は？ 日本です。

／您的國籍是？ 日本。

③ お仕事は？ 学生です。

／您從事什麼行業？ 我是學生。

④ お住まいは？ 横浜です。

／您住在哪裡？ 橫濱。

填填看

① 佐藤さんは 日本人ですか。

／佐藤小姐是日本人嗎？

はい、日本人です。

／是的，是日本人。

② 佐藤さんは 店員ですか。

／佐藤小姐是店員嗎？

いいえ、店員では ありません。学生です。

／不，不是店員，是學生。

③ 佐藤さんの お住まいは 東京ですか。

／佐藤小姐住東京嗎？

いいえ、東京では ありません。横浜です。

／不，不是住東京，是住橫濱。

第 3 課

聽力練習ア

これは 私の ねこです。

／這是我的貓。

この ソファーは 私のです。

／這個沙發是我的。

それは　私の　かばんです。
／那是我的包包。

その　携帯は　私のです。
／那手機是我的。

それは　私の　本です。
／那是我的書。

その　テレビは　私のです。
／那台電視是我的。

あれは　池です。
／那是人造池塘。

あれは　花と　鳥です。
／那是花跟鳥。

聽力練習イ

答案

❶	ぞう	❹	犬	❼	うさぎ
❷	キリン	❺	とら	❽	さる
❸	にわとり	❻	ねこ		

❶ これは　ぞうですね。
／這是大象吧？

はい、そうです。
／是的。沒錯。

❷ あれは　馬ですね。
／那是馬吧？

いいえ、馬では　ありません、キリンです。
／不，不是馬，是長頸鹿。

❸ これは　にわとりですね。
／這是雞吧？

はい、そうです。
／是的。沒錯。

❹ あれは　豚ですね。
／這是豬吧？

いいえ、豚では　ありません、犬です。
／不，不是豬，是隻狗。

❺ これは　ライオンですね。
／這是獅子吧？

いいえ、ライオンでは　ありません、とらです。
／不，不是獅子，是隻老虎。

❻ あれは　ねこですね。
／那是貓吧？

はい、そうです。
／是的。沒錯。

❼ あれは　さるですね。
／那是猴子吧？

いいえ、さるでは　ありません、うさぎです。
／不，不是猴子，是隻兔子。

❽ あれは　さるですね。
／那是猴子吧？

はい、そうです。
／是的。沒錯。

造句練習

❶ それは　花子の　ギターです。
／那是花子的吉他。

❷ その　テーブルは　太郎のです。
／那張桌子是太郎的。

❸ あれは　花瓶と　カーテンです。
／那是花瓶和窗簾。

第 4 課

對話練習ア

● A：あの　人は　だれですか。
／那個人是誰？
B：渡辺さんです。
／是渡邊先生。
A：渡辺さんは　医者ですか。
／渡邊先生是醫生嗎？
B：はい、そうです。
／是的，沒錯。

● A：あの　人は　だれですか。
／那個人是誰？
B：橋本さんです。
／是橋本小姐。
A：橋本さんは　学生ですか。
／橋本小姐是學生嗎？
B：はい、そうです。
／是的，沒錯。

● A：あの　人は　だれですか。
／那個人是誰？
B：石川さんです。
／是石川先生。
A：石川さんは　店員ですか。
／石川先生是店員嗎？
B：はい、そうです。
／是的，沒錯。

● A：あの　人は　だれですか。

　　／那個人是誰？

　B：青木さんです。

　　／是青木先生。

　A：青木さんは　会社員ですか。

　　／青木先生是上班族嗎？

　B：はい、そうです。

　　／是的，沒錯。

● A：あの　人は　だれですか。

　　／那個人是誰？

　B：中村さんです。

　　／是中村先生。

　A：中村さんは　記者ですか。

　　／中村先生是記者嗎？

　B：はい、そうです。

　　／是的，沒錯。

● A：あの　人は　だれですか。

　　／那個人是誰？

　B：小林さんです。

　　／是小林先生。

　A：小林さんは　警察官ですか。

　　／小林先生是警察嗎？

　B：はい、そうです。

　　／是的，沒錯。

對話練習イ

② A：姉は　事務員です。

　　／我姐姐是事務員。

　B：お姉さんの　会社は　どちらですか。

　　／令姐在哪家公司服務？

　A：大原組です。

　　／大原組。

　B：何の　会社ですか。

　　／是什麼樣的公司呢？

　A：建設の　会社です。

　　／是建設公司。

③ A：兄は　セールスマンです。

　　／我哥哥是推銷員。

　B：お兄さんの　会社は　どちらですか。

　　／令兄在哪家公司服務？

　A：朝日自動車製作所です。

　　／朝日汽車製造工廠。

　B：何の　会社ですか。

　　／是什麼樣的公司呢？

　A：車の　会社です。

　　／是汽車公司。

④ A：妹は　会社員です。

　　／我妹妹是公司職員。

　B：妹さんの　会社は　どちらですか。

　　／令妹在哪家公司服務？

　A：ふじ株式会社です。

　　／富士股份有限公司。

　B：何の　会社ですか。

　　／是什麼樣的公司呢？

　A：コンピューターの　会社です。

　　／是電腦公司。

第 5 課

數字、價錢

Ⓑ

答案

せんえん／ 1,000 日圓

さんぜんえん／ 3,000 日圓

Ⓒ

答案

① ピザ（2,000 円）

② カメラ（20,000 円）

③ げた（2,700 円）

④ ビール（350 円）

⑤ トマト（300 円）

⑥ 携帯電話（4,000 円）

⑦ コンピューター（90,000 円）

⑧ すいか（500 円）

聽力練習 ＊黃色區塊為答案

① A：それは、アメリカの　車ですか。

　　／那是美國的車嗎？

　B：いいえ、違います。

　　／不，不是的。

　A：では、どこの　車ですか。

　　／那麼，是哪裡的車子呢？

　B：ドイツ のです。

　　／德國的。

② A：それは、日本の　りんごですか。

　　／那是日本的蘋果嗎？

　B：いいえ、違います。

　　／不，不是的。

A：では、どこの　りんごですか。
　　／那麼，是哪裡的蘋果呢？

B：アメリカ のです。
　　／美國的。

❸ A：それは、東京の　牛肉ですか。
　　／那是東京的牛肉嗎？

B：いいえ、違います。
　　／不，不是的。

A：では、どこの　牛肉ですか。
　　／那麼，是哪裡的牛肉呢？

B：神戸 のです。
　　／神戶的。

❹ A：それは、ドイツの　ワインですか。
　　／那是德國的葡萄酒嗎？

B：いいえ、違います。
　　／不，不是的。

A：では、どこの　ワインですか。
　　／那麼，是哪裡的葡萄酒呢？

B：スペイン のです。
　　／西班牙的。

❺ A：それは、スペインの　ピザですか。
　　／那是西班牙的披薩嗎？

B：いいえ、違います。
　　／不，不是的。

A：では、どこの　ピザですか。
　　／那麼，是哪裡的披薩呢？

B：イタリア のです。
　　／義大利的。

❻ A：それは、イタリアの　パンですか。
　　／那是義大利的麵包嗎？

B：いいえ、違います。
　　／不，不是的。

A：では、どこの　パンですか。
　　／那麼，是哪裡的麵包呢？

B：フランス のです。
　　／法國的。

❼ A：それは、アメリカの　ノートパソコンですか。
　　／那是美國的筆記型電腦嗎？

B：いいえ、違います。
　　／不，不是的。

A：では、どこの　ノートパソコンですか。
　　／那麼，是哪裡的筆記型電腦呢？

B：韓国 のです。
　　／韓國的。

❽ A：それは、タイの　米ですか。
　　／那是泰國的米嗎？

B：いいえ、違います。
　　／不，不是的。

A：では、どこの　米ですか。
　　／那麼，是哪裡的米呢？

B：日本 のです。
　　／日本的。

對話練習

❷ A：ここは　どこですか。
　　／這裡是哪裡呢？

B：ここは　駅です。
　　／這裡是車站。

A：入り口は　どこですか。
　　／入口在哪裡呢？

B：そちらです。
　　／在那裡。

❸ A：ここは　どこですか。
　　／這裡是哪裡呢？

B：ここは　デパートです。
　　／這裡是百貨公司。

A：トイレは　どこですか。
　　／廁所在哪裡呢？

B：こちらです。
　　／在這裡。

❹ A：ここは　どこですか。
　　／這裡是哪裡呢？

B：ここは　教室です。
　　／這裡是教室。

A：田中さんは　どこですか。
　　／田中同學在哪裡呢？

B：あちらです。
　　／在那裡。

造句練習

❶ 這是哪裡的苦瓜呢？

A：これは　九州の　ニガウリですか。
　　／這是九州的苦瓜嗎？

B：いいえ、沖縄のです。
　　／不，是沖繩的。

A：いくらですか。
　　／多少錢？

B：100 円 です。
　　／ 100 日圓。

❷ 這些花要多少錢呢？

A：すみません、この　花は　いくらですか。
　　／請問，這朵花多少錢？

B：２５０円です。
　／250 日圓。

A：これは　どこの　花ですか。
　／這是哪裡的花？

B：オランダのです。
　／荷蘭的。

A：これを　ください。
　／那，給我這個。

第 6 課

聽力練習

Ⓐ

日	一	二	三	四	五	六
にちようび 日曜日	げつようび 月曜日	かようび 火曜日	すいようび 水曜日	もくようび 木曜日	きんようび 金曜日	どようび 土曜日

Ⓒ

⑤ 今は　9時です。
　／現在是 9 點。

⑥ 今は　9時 45分です。
　／現在是 9 點 45 分。

⑦ 今は　10時 15分です。
　／現在是 10 點 15 分。

⑧ 今は　9時 30分です。
　／現在是 9 點 30 分。

充實的一天

① 中山さんは　毎朝7時に　起きます。
　／中山小姐每天早上 7 點起床。

② 7時 45分に　朝ご飯を　食べます。
　／7 點 45 分吃早餐。

③ 8時 15分に　家を　出ます。
　／8 點 15 分出門。

④ 会社は　9時から　6時までです。
　／公司上班是九點到六點。

⑤ 12時30分過ぎに　昼ご飯を　食べます。
　／過了 12 點 30 分吃午餐。

⑥ 8時 15分から　運動します。
　／8 點 15 分開始運動。

⑦ お風呂は　10時頃に　入ります。
　／10 點左右洗澡。

⑧ 11時から　11時15分まで　テレビを　見ます。
　／11 點到 11 點 15 分看電視。

⑨ 夜、12時頃に　寝ます。
　／晚上，12 點左右睡覺。

⑩ おとといは、12時に　寝ました。
　／前天 12 點就寢。

⑪ ゆうべは　寝ませんでした。
　／昨天徹夜未眠。

對話練習

❶ 對話

A：はい、花美容院です。
　／您好，這裡是花美容院。

B：すみませんが、そちらは　何時から　何時までですか。
　／請問，你們是從幾點開到幾點？

A：10時から　8時までです。
　／10 點到 8 點。

B：土曜日は　何時までですか。
　／星期六到幾點？

A：8時です。
　／8 點。

B：休みは　何曜日ですか。
　／星期幾休息？

A：水曜日です。
　／星期三。

B：どうも。
　／謝謝！

❷ 對話

A：はい、一郎レストランです。
　／您好，這裡是一郎餐廳。

B：すみませんが、そちらは　何時から　何時までですか。
　／請問，你們是從幾點開到幾點？

A：11時から　12時までです。
　／11 點到 12 點。

B：金曜日は　何時までですか。
　／星期五到幾點？

A：10時です。
　／10 點。

B：休みは　何曜日ですか。
　／星期幾休息？

A：木曜日です。
　／星期四。

B：どうも。
　／謝謝！

第 **7** 課

聽力練習ア

B

② A：東京の 夏は どうですか。
／東京的夏天（天氣）如何？

B：暑いです。
／很炎熱。

③ A：東京の 秋は どうですか？
／東京的秋天（天氣）如何？

B：涼しいです。
／很涼爽。

④ A：東京の 冬は どうですか？
／東京的冬天（天氣）如何？

B：寒いです。
／非常寒冷。

C

② 予報士：明日の 天気です。明日は 1日中 涼しいでしょう。午前は 曇りですが、午後は 風が 強いでしょう。
／氣象員：這是明天的天氣。明天一整天都是涼爽的天氣。早上雖然陰天，但是下午風勢將變強。

③ 予報士：明日の 天気です。明日は 1日中 寒いでしょう。午前は 雪ですが、午後は 晴れでしょう。
／氣象員：這是明天的天氣。明天一整天都是寒冷的天氣。早上雖然下雪，但是下午將會放晴。

④ 予報士：明日の 天気です。明日は 1日中 暑いでしょう。昼間は 雨ですが、夜は 星空でしょう。
／氣象員：這是明天的天氣。明天一整天都是炎熱的天氣。白天雖然下雨，但是晚上將是星空燦爛的天氣。

對話練習ア

② A：北海道の 2月は 寒いですか。
／北海道的2月冷嗎？

B：はい、とても 寒いです。
／是的，非常冷。

A：6月は どうですか。
／6月天氣如何呢？

B：涼しいです。
／很涼爽。

A：北海道にも 梅雨が ありますか。
／北海道也有梅雨季嗎？

B：いいえ、ありません。
／不，沒有。

③ A：ハワイの 9月は 暑いですか。
／夏威夷的9月熱嗎？

B：はい、とても 暑いです。
／是的，非常熱。

A：12月は どうですか。
／12月天氣如何呢？

B：暑いです。ハワイは 1年中 暑いです。
／很炎熱。夏威夷一整年都很熱。

A：困りますね。
／真傷腦筋耶。

B：でも、ハワイでは 海から 風が 吹いています。
／不過，夏威夷有風從海上吹來。

④ A：ニューヨークの 8月は 暑いですか。
／紐約的8月熱嗎？

B：はい、とても 暑いです。
／是的，很熱。

A：4月は どうですか。
／4月天氣如何呢？

B：涼しいです。
／很涼爽。

A：ニューヨークでも、4月に 桜が さきますか。
／紐約4月時櫻花也會開嗎？

B：はい、さきます。
／是的，會開。

聽力練習イ

答案 4 2 1 5 3 6

A：東京の 夏は 暑いですか。
／東京的夏天熱嗎？

B：はい、7月から 8月まで とても 暑いです。
／是的，從7月到8月都很熱。

A：日本の 夏は、北海道から 沖縄まで、どこも 暑いですか。
／日本夏季從北海道到沖繩，到處都熱嗎？

B：いいえ、北海道の 夏は 涼しいです。
／不，北海道的夏天很涼爽。

A：ハワイは どうですか。
／那夏威夷怎麼樣呢？

B：ハワイは 一年中 暑いです。
／夏威夷一整年都很熱。

對話練習イ

❷ A：今日は　暖かいですね。
／今天好暖和啊！

B：ええ、本当に　暖かいです。
／是啊！真是暖和！

A：もうすぐ　ひな祭りですね。
／女兒節就快到了。

B：ひな祭りは　いつですか。
／女兒節是什麼時候？

A：3月3日です。
／3月3日。

B：えっ、3月4日ですか。
／咦，3月4日嗎？

A：いいえ、3月3日です。
／不，是3月3日。

❸ A：今日は　暑いですね。
／今天好熱啊！

B：ええ、本当に　暑いです。
／是啊！真是熱啊！

A：もうすぐ　七夕ですね。
／七夕就快到了。

B：七夕は　いつですか。
／七夕是什麼時候？

A：7月7日です。
／7月7日。

B：えっ、8月9日ですか。
／咦，8月9日嗎？

A：いいえ、7月7日です。
／不，是7月7日。

❹ A：今日は　寒いですね。
／今天真冷啊！

B：ええ、本当に　寒いです。
／是啊！真是冷啊！

A：もうすぐ　クリスマスイブですね。
／聖誕夜就快到了。

B：クリスマスイブは　いつですか。
／聖誕夜是什麼時候？

A：12月24日です。
／12月24日。

B：えっ、11月14日ですか。
／咦，11月14日嗎？

A：いいえ、12月24日です。
／不，是12月24日。

第 8 課

對話練習ア

❷ A：山下さんは　テニスを　しますか。
／山下小姐打網球嗎？

B：ええ、しますよ。
／嗯，打啊！

A：どこで　しますか。
／在哪裡打呢？

B：市民体育館で　します。
／市民體育館。

A：そうですか。
／這樣啊！

❸ A：山下さんは　散歩を　しますか。
／山下小姐散步嗎？

B：ええ、しますよ。
／嗯，散步啊！

A：どこで　しますか。
／在哪裡散步呢？

B：公園で　します。
／公園。

A：そうですか。
／這樣啊！

❹ A：山下さんは　日本料理を　食べますか。
／山下小姐吃日本料理嗎？

B：ええ、食べますよ。
／嗯，吃啊！

A：どこで　食べますか。
／在哪裡吃呢？

B：料亭です。
／高級日本料理店。

A：そうですか。
／這樣啊！

❺ A：山下さんは　ビールを　飲みますか。
／山下小姐喝啤酒嗎？

B：ええ、飲みますよ。
／嗯，喝啊！

A：どこで　飲みますか。
／在哪裡喝呢？

B：居酒屋で　飲みます。
／居酒屋。

A：そうですか。
／這樣啊！

❻ A：山下さんは　ケーキを　作りますか。
／山下小姐做蛋糕嗎？

B：ええ、作りますよ。
／嗯，做啊！

A：どこで　作りますか。
／在哪裡做呢？

B：家で　作ります。
／家裡。

A：そうですか。
／這樣啊！

聽力練習 *黃色區塊為答案

❶ A：どんな　スポーツを　しますか。
／你都做些什麼運動呢？

B：サッカーや　テニスを　します。
／我都踢足球或打網球。

A：水泳も　しますか。
／也游泳嗎？

B：いいえ、しません。
／不，我不游泳。

❷ A：どんな　お酒を　飲みますか。
／你都喝些什麼酒呢？

B：ビールや　ワインを　飲みます。
／我都喝啤酒或葡萄酒。

A：日本酒も　飲みますか。
／也喝日本酒嗎？

B：いいえ、飲みません。
／不，我不喝。

❸ A：どんな　果物を　食べますか。
／你都吃些什麼水果呢？

B：ももや　ぶどうを　食べます。
／我都吃桃子或葡萄。

A：柿も　食べますか。
／也吃柿子嗎？

B：いいえ、食べません。
／不，我不吃。

造句練習

❶ 田中さんは　お酒を　飲みますか。
／田中先生喝酒嗎？

❷ ビールや　ワインを　飲みます。
／我喝啤酒或葡萄酒。

❸ どんな　お酒を　飲みますか。
／都喝什麼酒呢？

❹ 家で　ビールを　飲みます。
／在家喝啤酒。

對話練習イ

❷ A：昼ご飯は　何を　食べますか。
／你中餐吃什麼？

B：オムレツを　食べます。
／我吃歐姆蛋。

A：何を　飲みますか。
／喝什麼呢？

B：ジュースを　飲みます。
／喝果汁。

A：どこで　食べますか。
／在哪裡吃呢？

B：会社で　食べます。
／在公司。

❸ A：昼ご飯は　何を　食べますか。
／你中餐吃什麼？

B：すき焼きを　食べます。
／我吃壽喜燒。

A：何を　飲みますか。
／喝什麼呢？

B：お茶を　飲みます。
／喝茶。

A：どこで　食べますか。
／在哪裡吃呢？

B：家で　食べます。
／在家。

第 9 課

對話練習ア

❷ A：あのう、女の　人は　どこに　いますか。
／請問，女生在哪裡？

B：女の　人は　家の　外に　います。
／女生在家的外面。

A：家の　中ですね。
／在家的裡面啊！

B：いいえ、家の　外です。
／不是的，在家的外面。

A：あっ、どうも。
／啊，謝了！

❸ A：あのう、子どもは　どこに　いますか。
／請問，小孩在哪裡？

B：子どもですか。おじいちゃんと　おばあちゃんの　間に　います。
／小孩啊！在祖父和祖母的中間。

A：おじいちゃんと　おばあちゃんの　右^{みぎ}ですね。

／在祖父和祖母的右邊啊！

B：いいえ、おじいちゃんと　おばあちゃんの　間^{あいだ}です。

／不是的，在祖父和祖母的中間。

A：あっ、どうも。

／啊，謝了！

聽力與對話

答案

Ⓐ

① 銀行^{ぎんこう}は　コンビニの　隣^{となり}に　あります。

／銀行在便利商店的隔壁。

② 本屋^{ほんや}は　学校^{がっこう}の　左^{ひだり}に　あります。

／書店在學校的左邊。

③ 駐車場^{ちゅうしゃじょう}は　公園^{こうえん}の　中^{なか}に　あります。

／停車場在公園的裡面。

④ 花屋^{はなや}は　映画館^{えいがかん}の　前^{まえ}に　あります。

／花店在電影院前面。

⑤ スーパーは　喫茶店^{きっさてん}と　映画館^{えいがかん}の　間^{あいだ}に　あります。

／超市在咖啡廳跟電影院中間。

⑥ 図書館^{としょかん}は　デパートの　右^{みぎ}に　あります。

／圖書館在百貨公司的右邊。

Ⓑ

② A：すみません。この　近^{ちか}くに　デパートは　ありませんか。

／請問，這附近有百貨公司嗎？

B：あそこに　ありますよ。

／那裡有一間喔！

A：ああ、どこですか？

／啊，在哪裡呢？

B：郵便局^{ゆうびんきょく}と　図書館^{としょかん}の　間^{あいだ}です。

／在郵局跟圖書館中間。

A：ありがとう　ございます。

／謝謝您。

③ A：すみません。この　近^{ちか}くに　喫茶店^{きっさてん}は　ありませんか。

／請問，這附近有咖啡廳嗎？

B：あそこに　ありますよ。

／那裡有一家喔！

A：ああ、どこですか？

／啊，在哪裡呢？

B：スーパーの　左^{ひだり}です。

／在超市的左邊。

A：ありがとう　ございます。

／謝謝您。

④ A：すみません。この　近^{ちか}くに　ホテルは　ありませんか。

／請問，這附近有飯店嗎？

B：あそこに　ありますよ。

／那裡有一間喔！

A：ああ、どこですか？

／啊，在哪裡呢？

B：喫茶店^{きっさてん}の　前^{まえ}です。

／在咖啡廳前面。

A：ありがとう　ございます。

／謝謝您。

填填看

A：化粧水^{けしょうすい}は　どこに　ありますか。

／化妝水在哪裡？

B：<u>下^{した}から　3段目^{さんだんめ}です。</u>

／從下面數第三層。

A：香水^{こうすい}は　どこに　ありますか。

／香水在哪裡？

B：<u>一番^{いちばん}　下^{した}の　段^{だん}です。</u>

／最下面那一層。

對話練習イ

① A：あれ、しょう油^ゆが　ありませんよ。

／唉呀！沒有醬油。

B：ええと、テーブルの　上^{うえ}に　あります。

／嗯，在桌上。

A：え、テーブルの　上^{うえ}、テーブルの　上^{うえ}、テーブルの　上^{うえ}には　ありませんよ。

／咦！桌上、桌上、桌上，沒有啊！

B：あっ、ごめん、トースターと　電子^{でんし}レンジの　間^{あいだ}です。

／啊！不好意思，在烤麵包機跟微波爐的中間。

A：あ、ありました。

／啊！找到了！

② A：あれ、塩が ありませんよ。

／唉呀！沒有鹽巴。

B：ええと、冷蔵庫の 中に あります。

／嗯，在冰箱裡面。

A：え、冷蔵庫の 中、冷蔵庫の 中、冷蔵庫の 中には ありませんよ。

／咦！冰箱裡面、冰箱裡面、冰箱裡面，沒有啊！

B：あっ、ごめん、テーブルの 上です。

／啊！不好意思，在桌上。

A：あ、ありました。

／啊！找到了！

③ A：あれ、ナイフが ありませんよ。

／唉呀！沒有刀子。

B：ええと、上の 棚に あります。

／嗯，上面的架子。

A：え、上の 棚、上の 棚、上の 棚には ありませんよ。

／咦！上面的架子、上面的架子、上面的架子，沒有啊！

B：あっ、ごめん、引き出しの 中です。

／啊！不好意思，抽屜裡。

A：あ、ありました。

／啊！找到了！

第 10 課

對話練習ア

② A：東京は どんな ところですか。

／東京是什麼樣的地方？

B：とても おしゃれな ところです。

／是個非常時尚的地方。

A：そうですか。静かな ところですか。

／這樣啊！是安靜的地方嗎？

B：いいえ、あまり 静かでは ありません。にぎやかです。

／不，不太安靜，很熱鬧。

③ A：京都は どんな ところですか。

／京都是什麼樣的地方？

B：とても 優雅な ところです。

／是個非常優雅的地方。

A：そうですか。にぎやかな ところですか。

／這樣啊！是熱鬧的地方嗎？

B：いいえ、あまり にぎやかでは ありません。静かです。

／不，不太熱鬧，很安靜。

聽力練習

答案 1－イ、2－ウ、3－ア、4－エ

① 三角形の 左に 四角形が あります。

／三角形的左邊有四角形。

② 四角形の 右に 円が あります。

／四角形的右邊有圓形。

③ 円の 前に 三角形が あります。

／圓形前面有三角形。

④ 三角形の 後ろに 長方形が あります。

／三角形的後面有長方形。

對話練習イ

② A：それは まるいものですか。

／那是圓的東西嗎？

B：いいえ、まるく ありません。四角いです。

／不，不圓。是四角的。

A：色は 白いですか。

／顏色是白色嗎？

B：はい、そうです。それで 手を 洗います。

／是的。用那個來洗手。

③ A：それは 短いものですか。

／那是短的東西嗎？

B：いいえ、短く ありません。四角いです。

／不，不短。是四角的。

A：色は 黒いですか。

／顏色是黑色嗎？

B：はい、そうです。それで ドラマを 見ます。

／是的。用那個來看連續劇。

④ A：それは 長いものですか。

／那是長的東西嗎？

B：いいえ、長く ありません。まるいです。

／不，不長。是圓的。

A：色は 白いですか。

／顏色是白色嗎？

B：はい、そうです。それで 野球を します。

／是的。用那個來打棒球。

第 11 課

對話練習ア

② A：秋田で、竿燈祭が あります。いっしょに 行きませんか。

／在秋田縣有竿燈祭，要不要一起去看？

B：竿燈祭ですか。いいですね。いつですか。
／竿燈祭啊！真不錯，什麼時候？

A：8月3日です。
／8月3日。

B：それなら、大丈夫です。
／那沒問題。

❸ A：札幌で、雪祭りが　あります。いっしょに　行きませんか。
／在札幌有雪祭，要不要一起去看？

B：雪祭りですか。いいですね。いつですか。
／雪祭啊！真不錯，什麼時候？

A：2月1日です。
／2月1日。

B：じゃあ、大丈夫です。
／那沒問題。

❹ A：徳島で、阿波踊りが　あります。いっしょに　行きませんか。
／在德島縣有阿波舞，要不要一起去看？

B：阿波踊りですか。いいですね。いつですか。
／阿波舞啊！真不錯，什麼時候？

A：8月12日です。
／8月12日。

B：それなら、大丈夫です。
／那沒問題。

❺ A：東京で、神田祭が　あります。いっしょに　行きませんか。
／在東京有神田祭，要不要一起去看？

B：神田祭ですか。いいですね。いつですか。
／神田祭啊！真不錯，什麼時候？

A：5月14日です。
／5月14日。

B：じゃあ、大丈夫です。
／那沒問題。

❻ A：仙台で、七夕祭りが　あります。いっしょに　行きませんか。
／在仙台有七夕祭，要不要一起去看？

B：七夕祭りですか。いいですね。いつですか。
／七夕祭啊！真不錯，什麼時候？

A：8月6日です。
／8月6日。

B：それなら、大丈夫です。
／那沒問題。

❼ A：青森で、ねぶた祭が　あります。いっしょに　行きませんか。
／在青森縣有燈籠祭，要不要一起去看？

B：ねぶた祭ですか。いいですね。いつですか。
／燈籠祭啊！真不錯，什麼時候？

A：8月1日です。
／8月1日。

B：じゃあ、大丈夫です。
／那沒問題。

對話練習イ

❷ A：いっしょに　テニスを　しに　行きませんか。
／要不要一起去打網球？

B：ああ、テニスですか、いいですね。
／啊！網球！好啊！

A：日曜日は　どうですか。
／星期日如何？

B：日曜日ね、オーケー。楽しみに　して　います。
／星期日，OK。真叫人期待。

❸ A：いっしょに　映画を　見に　行きませんか。
／要不要一起去看電影？

B：ああ、映画ですか、いいですね。
／啊！電影！好啊！

A：金曜日の　夜は　どうですか。
／星期五晚上如何？

B：金曜日の　夜ね、オーケー。楽しみに　しています。
／星期五晚上，OK。真叫人期待。

對話練習ウ

B：花子さん、ちょっと、いっしょに　カラオケで　歌いませんか。
／花子，要不要一起去唱卡拉OK。

A：ああ、すみません、今日は　ちょっと…。
／啊！很抱歉，今天有點不方便…。

B：残業ですか。それとも　買い物ですか。
／要加班？還是去血拼？

A：いいえ、今日は　彼と　ライブを　見に　行きます。
／不是，我今天要和我男朋友去看演唱會。

造句練習

❶ いっしょに　食事を　しませんか。
／要不要一起吃個飯？

❷ 水泳の　練習ですか。それとも　ピアノの　レッスンですか。
／要練習游泳？還是上鋼琴課？

❸ 青森で、ねぶた祭が　あります。
／在青森有燈籠祭。

模擬考題解答

第 1 課

一、文字、語彙問題

もんだい1

❶ 1　❷ 3　❸ 2　❹ 4

もんだい2

❶ 3　❷ 2

二、文法問題

もんだい1

❶ 1　❷ 3　❸ 2　❹ 3　❺ 2　❻ 4

もんだい2

❶ 答え：⑤①④③②

（初めまして、田中美穂です。どうぞ　よろしく　お願いします。）

❷ 答え：⑦②④③⑤①⑥（あなたは　東京大学の　学生ですか。）

第 2 課

一、文字、語彙問題

もんだい1

❶ 2　❷ 4　❸ 2　❹ 1　❺ 4　❻ 4

もんだい2

❶ 3　❷ 3

二、文法問題

もんだい1

❶ 1　❷ 2　❸ 2　❹ 4　❺ 1

もんだい2

❶ 答え：⑤③④⑥②①（橋本さんの　お住まいは　東京ですか。）

❷ 答え：⑥⑤①②③④（皆さん　こちらは　台湾の　王さんです。）

第 3 課

一、文字、語彙問題

もんだい1

❶ 2　❷ 2　❸ 4　❹ 3　❺ 3　❻ 1

もんだい2

  ①3   ②3

二、文法問題

もんだい1

  ①2   ②3   ③4   ④4   ⑤4   ⑥4

もんだい2

  ① 答え：③②④⑥⑤① （それは　田中さんの　ラジオです。）

  ② 答え：⑤③②①⑦⑥④ （この　部屋は　花子の　ですか。）

第 4 課

一、文字、語彙問題

もんだい1

  ①1   ②3   ③2   ④1

もんだい2

  ①3   ②4   ③3

二、文法問題

もんだい1

  ①2   ②4   ③2   ④3   ⑤4

もんだい2

  ① 答え：③⑤①⑥②④ （お父さんは　おいくつですか。）

  ② 答え：⑤⑥④③①②⑦ （ABCは　カメラの　会社ですか。）

第 5 課

一、文字、語彙問題

もんだい1

  ①3   ②1   ③3   ④3   ⑤4   ⑥3

もんだい2

  ①2   ②3

二、文法問題

もんだい1

  ①4   ②2   ③1   ④3   ⑤3   ⑥2

もんだい2

  ① 答え：②⑥①④⑦③⑤ （これは　どこの　カメラですか。）

  ② 答え：⑦⑥②①③⑤④ （雑誌は　3冊で　1,500円です。）

第 6 課

一、文字、語彙問題

もんだい1

① 3　② 2　③ 1　④ 3　⑤ 3

もんだい2

① 1　② 4

二、文法問題

もんだい1

① 1　② 3　③ 4　④ 2　⑤ 1　⑥ 3

もんだい2

① 答え：⑤⑥③①②④⑦（会社は　9時から　5時までです。）

② 答え：⑤④①②⑥③（今朝は　6時ごろに　起きました。）

第 7 課

一、文字、語彙問題

もんだい1

① 2　② 1　③ 2　④ 1　⑤ 3　⑥ 3

もんだい2

① 3

もんだい3

① 4

二、文法問題

もんだい1

① 2　② 1　③ 4　④ 3　⑤ 1　⑥ 3　⑦ 1

もんだい2

① 3

答え：では、にちようび　の　ごご　は　どう　ですか。

② 1

答え：わたしたちは　えき　から　いえ　まで　あるきます。

第 8 課

一、文字、語彙問題

もんだい1

① 2　② 2　③ 4　④ 4　⑤ 2　⑥ 4　⑦ 3　⑧ 1　⑨ 2　⑩ 2

もんだい 2

　①　3

もんだい 3

　①　2　　②　2　　③　4

二、文法問題

もんだい 1

　①　4　　②　4　　③　2　　④　2　　⑤　2　　⑥　2

もんだい 2

　①　4

　答え：山田さんは　今度の　<u>なつやすみ</u>　<u>に</u>　<u>何</u>　<u>を</u>　しますか。

　②　3

　答え：きのう　ちかく　<u>の</u>　<u>レストラン</u>　<u>で</u>　<u>ごはん</u>　を　たべました。

第 9 課

一、文字、語彙問題

もんだい 1

　①　4　　②　3　　③　4　　④　4　　⑤　1　　⑥　3　　⑦　3

もんだい 2

　①　2　　②　4

二、文法問題

もんだい 1

　①　4　　②　2　　③　4　　④　4　　⑤　3　　⑥　2

もんだい 2

　①　3

　答え：中山先生　<u>は</u>　<u>どちら</u>　<u>に</u>　<u>います</u>　か。

　②　1

　答え：ひるは　<u>いません</u>　<u>が</u>、<u>よる</u>　<u>は</u>　います。

第 10 課

一、文字、語彙問題

もんだい 1

　①　2　　②　4　　③　4　　④　3　　⑤　1　　⑥　4

もんだい 2

　①　4　　②　1

二、文法問題

もんだい1

❶ 3　　❷ 2　　❸ 3　　❹ 3　　❺ 1　　❻ 4　　❼ 1

もんだい2

❶ 4

答え：ここ　に　名前　を　えんぴつ　で　かきます。

❷ 2

答え：きの　うえ　に　ちいさい　とり　が　いますよ。

第 11 課

一、文字、語彙問題

もんだい1

❶ 2　　❷ 3　　❸ 3　　❹ 2　　❺ 4　　❻ 1

もんだい2

❶ 1　　❷ 3

二、文法問題

もんだい1

❶ 1　　❷ 4　　❸ 1　　❹ 4　　❺ 3　　❻ 4

もんだい2

❶ 2

答え：かのじょと　いっしょ　に　えいがを　みに　いきます。

❷ 3

答え：あした　パーティーが　ありますよ。石田さん　も　行きません　か。

QR 即學即用 01

線上音檔 朗讀
QR Code

隨看隨聽

從 0 開始
自學就會

看圖說日語
生活會話

和日本人聊一整天的

吉松由美、田中陽子、西村惠子、大山和佳子、林勝田 ◎合著

（16K全彩+QR Code 線上音檔）

發行人	林德勝
著者	吉松由美、田中陽子、西村惠子、大山和佳子、林勝田
出版發行	山田社文化事業有限公司

地址　臺北市大安區安和路一段112巷17號7樓
電話　02-2755-7622　02-2755-7628
傳真　02-2700-1887

郵政劃撥	19867160號　大原文化事業有限公司
總經銷	聯合發行股份有限公司

地址　新北市新店區寶橋路235巷6弄6號2樓
電話　02-2917-8022
傳真　02-2915-6275

印刷	上鎰數位科技印刷有限公司
法律顧問	林長振法律事務所　林長振律師
定價+QR Code	新台幣350元
初版	2023年6月

ISBN : 978-986-246-765-7
© 2023, Shan Tian She Culture Co. , Ltd.